MITOS Y LEYENDAS DE LOS
AZTECAS

Mitología, Leyendas
e Historia
Colección Librería
Libros de todo para todos

MITOS Y LEYENDAS
DE LOS
AZTECAS

Selección de
Francisco Fernández

EMU *editores mexicanos unidos, s. a.*

EMU

D. R. © Editores Mexicanos Unidos, S. A.
Luis González Obregón 5-B, Col. Centro,
Cuauhtémoc, 06020, D. F.
Tels. 55 21 88 70 al 74
Fax: 55 12 85 16
editmusa@prodigy.net.mx
www.editmusa.com.mx

Coordinación editorial: Mariana Cruz Torres
Diseño de portada: Víctor G. Zarco Brito
Formación: Roberto Doroteo Santiago

Miembro de la Cámara Nacional
de la Industria Editorial. Reg. Núm. 115.

1a edición: mayo de 2006
2a reimpresión: diciembre de 2006

ISBN 968-15-1897-7

Impreso en México
Printed in Mexico

PRÓLOGO

En muchas ocasiones, la única forma de rastrear en el pasado remoto de las naciones es incursionar en sus leyendas y sus mitos, los cuales son parte de la historia de los pueblos que los crearon y están estrechamente unidos a sus concepciones de lo religioso, lo ético, lo artístico y lo cosmogónico.

Contra la opinión popular no se puede decir que un mito sea algo fantástico y sin sentido. Los mitos son construcciones que realizó el hombre del pasado para tratar de comprender los distintos fenómenos que, para él, resultaban totalmente extraños y desconocidos. Sería del todo injusto acusar a aquellos hombres de ignorancia y de sostener falsas creencias. En un mundo en el que no existía la ciencia como hoy es concebida, los mitos cumplían una función importante, ya que trataban de explicar lo inexplicable: ¿por qué llueve?, ¿de quiénes somos hijos los seres humanos?, ¿qué debemos hacer para que las cosechas sean fructíferas?, ¿qué es todo esto que nos rodea? Lo que ahora clasificamos como mitos son las respuestas que las diferentes culturas dieron a sus interrogantes.

Por ejemplo: para un griego del siglo VIII a. C., la única explicación de un fenómeno meteorológico como el del rayo era argumentar que Zeus, dios del cielo, dios supremo del Olimpo, se había enojado porque los habitantes de la ciudad no habían tenido un comportamiento recto, de modo que el rayo era el castigo por sus malas acciones. De esta forma, con la creación de esas leyendas y mitos se conformó lo que hoy día es el imaginario de cada pueblo.

En este libro encontramos algunas de las más significativas leyendas y mitos aztecas o mexicas. Constituye un rápido, pero interesante repaso del pasado de los habitantes del valle de México, sus concepciones acerca de: la muerte, la vida, la creación de la tierra y del hombre, del surgimiento de determinados volcanes, etcétera.

Sin duda, será de provecho darse cuenta de las categorías de pensamiento de los moradores de estas tierras, categorías que no estaban exentas de cierta lógica discursiva.

El mundo mágico de los aztecas es maravilloso, rico en símbolos y creencias. La finalidad del presente volumen es mostrar al lector no iniciado en el tema lo importantes que son las leyendas y los mitos para comprender el mundo de los integrantes de aquella cultura, hoy desaparecida, pero de la que aún quedan innumerables vestigios en el suelo que frecuentamos pisar cada día.

El autor

Mito de la creación

El dios Quetzalcóatl (Serpiente Emplumada), creó al hombre cuatro veces. En cada intento fue superando su creación, pero ninguna lo satisfizo por completo. Finalmente, tomó los miembros de los imperfectos hombres, los mezcló con tierra y con sangre de los dioses y consiguió crear al hombre que había ambicionado desde el principio.

Quetzalcóatl necesitaba comida para alimentar a su nuevo pueblo y se dedicó a buscar el alimento para ayudarlos a subsistir. Durante su búsqueda, vio a una hormiga roja que cargaba excelentes granos de maíz, pero cuando le preguntó al diminuto animalito por la procedencia de su carga, éste se negó a decirle a Quetzalcóatl dónde podría encontrar el preciado alimento. No obstante, después de mucho insistir, la hormiga cedió e invitó al dios a seguirla. Para ello, Quetzalcóatl se convirtió en una gran hormiga negra.

Emprendieron el viaje hasta la Colina del Alimento, también llamada la Montaña de la Comida, que se abrió ante ellos para que entrasen. Una vez en su interior, Quetzalcóatl recogió una buena cantidad de maíz y la llevó a Tamoanchán. Ahí, los dioses masticaron el maíz, haciéndolo apto para el consumo humano. Los hombres fueron alimentados y alcanzaron el grado más alto de desarrollo de entre todos los animales que habitaban la Tierra.

Quetzalcóatl quiso regresar a la Montaña de la Comida para recoger más maíz para el sustento de los humanos. Sin embargo, cuando llegó, la montaña no quiso abrirse ante él, de modo que fue en busca de los demás dioses para pedirles consejo, y ellos decidieron que el dios del Sol podría romper y abrir la montaña.

Con su poder, el dios del Sol logró desgarrar la montaña, pero debido al esfuerzo realizado cayó exhausto al suelo. Rápidamente Quetzalcóatl decidió tomar una semilla de cada color con el fin de sembrar el maíz para su pueblo y nunca más tener que regresar a la Montaña de la Comida. Pero los planes no resultaron como esperaba, pues mientras Quetzalcóatl recogía maíz y el dios del Sol permanecía tendido en el suelo, la montaña quedó indefensa. Fue entonces cuando los cuatro enanos de la lluvia, Rojo, Azul, Blanco y Amarillo, se esparcieron hacia los cuatro puntos cardinales y robaron la comida que quedaba en la montaña. Desde entonces depende de la lluvia el que crezcan los frutos de la tierra.

Cuando Quetzalcóatl regresó a Tamoanchán (lugar que actualmente se conoce como Huasteca) llevando consigo las semillas, las cultivó de inmediato y Tamoanchán se convirtió en un sitio conocido por sus fértiles campos, por su abundante fauna y por su increíble belleza y majestuosidad.

Los cuatro Soles

Tonacatacuhtli y su esposa Tonacacíhuatl (Señores de la Vida) tuvieron cuatro hijos: Tezcatlipoca (Señor de la Noche), que simbolizaba el color negro, el cielo nocturno y el Norte; Camaxtle (Señor de la Caza y la Guerra), que simbolizaba el rojo y el Este; Quetzalcóatl (Serpiente Emplumada), de color blanco, dios del arte y de la vida y símbolo del Oeste, y por último; Huitzilopochtli (Colibrí Zurdo), representante del color azul, del cielo diurno y del Sur.

Seiscientos años vivió la familia en un ambiente tranquilo, pero de pronto los cuatro hijos decidieron hacer algo y, reu-nidos alrededor de una hoguera, ya que Tezcatlipoca había creado el fuego debido a su enorme poder, empezaron a discutir sus futuros planes. El primero en hablar fue Tezcatlipoca, que dijo: "Utilizaremos nuestra fuerza para hacer una obra que nos dé gloria para siempre, tanto en el cielo como en la tierra".

Quetzalcóatl, la Serpiente Emplumada, dio su opinión al respecto: "Si queremos crear un mundo allí abajo debemos poblarlo con seres vivos, darles lo básico y permitir que tengan comunicación con nuestro mundo superior".

Ambos entraron en disputa, pues Tezcatlipoca no pensaba en la felicidad de los seres creados, sino únicamente en la suya propia; él sólo estaba interesado en aumentar su poder.

Mientras Camaxtle oía la discusión, Huitzilopochtli creyó conveniente dar su opinión: "De nada sirven las palabras si no se acompañan de acciones. ¡Pongámonos en marcha!"

Así, los hermanos crearon la Tierra, los cielos, el agua y el infierno, y para cada una de estas regiones nombraron un dios o una pareja para que reinase en ellos. Pero Huitzilopochtli opinó que los seres creados no podían disponer tan sólo de hogueras para alumbrarse, sino que les haría falta un Sol. Todos estuvieron de acuerdo y Tezcatlipoca, quien casi siempre solía hacer valer su voluntad, señaló que él se transformaría en ese Sol.

Así dio inicio la primera etapa del mundo. Este primer Sol se llamó Chalchiuhtonatiuh, y tuvo una duración de 676 años. Los cuatro hermanos crearon a los gigantes, que arrancaban los frutos de los árboles para procurarse alimento sin ninguna dificultad, aunque la verdad es que eran bastante torpes, tanto que si se caían eran incapaces de levantarse. Quetzalcóatl no quedó satisfecho y de un bastonazo derribó del cielo a Tezcatlipoca. Éste cayó de cabeza al agua, de la que luego salió convertido en un jaguar furioso que devoró a todos los gigantes. De este modo, la Tierra quedó despoblada y sin un Sol que le diese luz, absolutamente oscura.

Quetzalcóatl decidió que aquello no podía quedar así y se convirtió en el segundo Sol, llamado Sol de Viento, que duró otros 676 años. Los hombres aparecieron en el mundo, pero Tezcatlipoca, convertido en jaguar, se vengó de su hermano y lo derribó de un zarpazo. Al caer el Sol de Viento se alzó un vendaval que acabó arrasando árboles y hombres, aunque algunos de estos últimos quedaron flotando en el aire y se convirtieron en simios.

Tláloc (Néctar de la Tierra) dios de la lluvia, acudió para tomar la forma del tercer Sol, que se llamó Sol de Lluvia. Duró 346 años y Quetzalcóatl se encargó de acabar con él. Hizo que lloviera fuego sobre los nuevos habitantes de la Tierra y sólo algunos lograron sobrevivir convertidos en aves.

El mismo Quetzalcóatl nombró cuarto Sol a la diosa del mar y de los lagos, Chalchiuhtlicue (La de la Falda de Jade), esposa de Tláloc. Duró 312 años y se denominó Sol de Agua. Pero Tezcatlipoca hizo que cayesen inmensas lluvias que inundaron toda la tierra. Los hombres creados por el cuarto Sol murieron ahogados, excepto algunos que se convirtieron en peces. Además, el cielo cayó sobre la Tierra y los cuatro hermanos tuvieron que emplear todas sus energías para lograr levantarlo.

Después de los cuatro intentos fracasados para crear al hombre, y sin disponer de más recursos, ya no sabían qué hacer. Entonces, Quetzalcóatl propuso lo siguiente: "Sólo podemos encontrar restos de los hombres en Mictlán, la Región de los Muertos. Es necesario traer cenizas y algún hueso, convertirlo todo en polvo y posteriormente crear una masa para formar una nueva especie de hombres". Pero, como dijo Camaxtle, no sería sencillo que alguno de ellos quisiera bajar hasta lo más profundo de los infiernos. Él mismo, de carácter tranquilo, no estaba dispuesto a encabezar la misión. Tezcatlipoca no estaba dispuesto a fatigarse por una raza inferior. Huitzilopochtli, ansioso de gloria, no creía que pudiera sacar ningún beneficio de una misión tan triste.

Tuvo que ser Quetzalcóatl quien tomara la iniciativa. Bajó a los infiernos para visitar al dios Mictlantecuhtli (Señor de los Muertos), quien le regaló una considerable cantidad de ceniza y un hueso que había pertenecido a los primeros moradores de la tierra; era el hueso de un gigante.

Pero la cosa no iba a ser tan sencilla. Justo cuando Quetzalcóatl había partido, feliz con su hueso, un inmenso amor por el hueso regalado nació Mictlantecuhtli y quiso recuperarlo.

Mictlantecuhtli corrió tras Quetzalcóatl mientras le gritaba: "¡Regrésame mi hueso!" Serpiente Emplumada logró dejar atrás a su perseguidor, pero en su huida tropezó, cayó al suelo y el hueso se partió en dos. Y esa es la causa por la cual el hombre que hoy conocemos no tiene la estatura de un gigante, sino la que la mayoría de nosotros solemos tener.

Leyenda del Tepozteco

Una joven tenía por costumbre bañarse en la barranca de Atongo. Ella nunca creyó las palabras de aquellos que decían que en las barrancas "daban aires", así es que después de un mes de acudir a tomar sus baños, la joven quedó embarazada.

Ante una situación tan problemática, no sabía qué hacer, y no tuvo más remedio que decir a sus padres el estado en que se encontraba.

Así transcurrieron los nueve meses de gestación, entre la vergüenza de la joven y las reprimendas de sus padres.

Cuando finalmente nació el bebé, el abuelo intentó por todos los medios deshacerse de él, ya que lo consideraba una deshonra para la familia. En una ocasión lo arrojó desde lo alto de una montaña contra las rocas que había abajo, pero un suave viento amortiguó la caída y posó cuidadosamente al bebé en una llanura.

En otro momento, el abuelo lo abandonó cerca de unos magueyes para que muriera de hambre, pero la fortuna parecía estar a favor del bebé, ya que las pencas se inclinaron hacia su boca y le dieron de beber aguamiel. En otro de los varios intentos por acabar con él, el cruel abuelo entregó al niño a un grupo de hormigas gigantes, pero éstas, lejos de morderle, le proporcionaron alimento.

Un día de mucho sol, una pareja de ancianos paseaba por el lugar y vio al bebé abandonado. Los viejitos se apiadaron de la indefensa criatura y decidieron tomarla en adopción, la llevaron a su casa y le pusieron el nombre de Tepoztécatl.

En Xochicalco, muy cerca del hogar de Tepoztécatl, vivía Mazacuatl, una malvada serpiente. Los pobladores de la zona temían a la bestia y acostumbraban sacrificar a los ancianos para alimentarla. Cuando llegó el terrible momento de sacrificar al anciano, padre adoptivo de Tepoztécatl, los gobernantes del lugar acudieron a la casa de la familia y le notificaron la triste noticia. Tepoztécatl se opuso a que su bondadoso padre muriera y dijo que él lo sustituiría en el sacrificio, de modo que partió hacia Xochicalco.

Mientras caminaba pensativo Tepoztécatl, iba recolectando y guardando en su morral varios *aiztli*, o pedacitos afilados de obsidiana. Cuando llegó a Xochicalco, se presentó ante la gigantesca serpiente Mazacuatl, que lo esperaba impaciente y, hambrienta como estaba, no tardó ni un instante y lo devoró como si fuese un diminuto animalito.

Una vez que Tepoztécatl estuvo en el vientre del reptil, abrió su morral, sacó los *aiztli*, y con ellos le desgarró las entrañas y logró salir de nuevo al mundo. Ya a salvo, se puso en marcha hacia su casa, pero en el camino se topó con unos hombres que tocaban música. Utilizaban el *teponaxtli*, una especie de tambor, y la *chirimía*, una flauta. Tepoztécatl, seducido por los preciosos sonidos que emergían de aquellos instrumentos, deseó tocarlos con todas sus ganas, pero como se lo impidieron, arrojó una fuerte tormenta de arena a los ojos de todos los miembros del grupo. Cuando, incrédulos ante lo que les estaba ocurriendo, aquellos hombres lograron reaccionar, el intrépido niño ya había desaparecido, llevando consigo los instrumentos. Pero al oír a lo lejos el sonido del *teponaxtli* y de la *chirimía*, echaron a correr para capturarlo.

Cuando estaban a punto de atrapar a Tepoztécatl, éste orinó y formó de ese modo la garganta que atraviesa Cuernavaca. Así logró llegar a Tepoztlán y tomar posesión de los cerros más altos.

Tepoztécatl se posó en la cima del cerro de Ehecatépetl (Cerro del Viento), y sus perseguidores no pudieron alcanzarlo. Poseídos por la ira, decidieron que lo derribarían, y para ello, cortaron la base del cerro. Fue de este modo como se formaron los "corredores del aire".

Tepoztécatl fue muy afamado y lo nombraron: Señor de Tepoztlán y sacerdote del ídolo Ometochtli (Dos Conejos). Años después desapareció; no se sabe a ciencia cierta si murió o se fue a vivir a otro lugar, aunque se murmura que habitó junto a la pirámide durante el resto de sus días.

Epiolohtzin (Perla)

E l rey de Tenochtitlán estaba muy preocupado porque su hijo, el príncipe Quetzaltótotl (Ave de plumas verdes muy ricas y estimadas) era víctima de una extraña enfermedad que le provocaba una profunda melancolía y un fuerte deseo de morir, de modo que su salud estaba en serio peligro.

Los mejores doctores de la ciudad, los telacuilique (hombres de la medicina), lo habían visitado y habían intentado varios remedios para sanar al joven príncipe, pero nada resultó satisfactorio y Quetzaltótotl se encontraba cada vez peor. Por las calles de Tenochtitlán corría el rumor de que su enfermedad era un mal de amores. Se decía que la joven a la que el príncipe amaba se había casado con un pariente cercano del rey y que ese era el motivo de la depresión de Quetzaltótotl.

Como último recurso, un tonapouhqui, o adivino, fue llamado para que intentara la curación, quien creyó conveniente que el joven cambiase de clima para que su corazón se aliviara. Siguiendo las instrucciones del tonapouhqui, el rey ordenó que trasladasen a su hijo a Chalchiuhcuecan (Lugar de las esmeraldas preciosas), una hermosa playa de lo que ahora conocemos como las costas de Veracruz. Allí había un palacio donde el príncipe y su séquito se instalarían hasta que se produjese la recuperación. Pero nada consiguió que Quetzaltótotl reflejase síntomas de mejoría. Los fabulosos atardeceres, la dulce brisa marina, el encantador sonido de las olas, la contemplación de las deliciosas aguas del mar, no fueron suficiente para que el príncipe recobrase su anterior estado de salud.

De pronto, en una estupenda mañana repleta de luz precedida por el canto de los pájaros tropicales y el murmullo de las olas, entraron a la recámara de Quetzaltótotl dos sirvientes con enormes abanicos de plumas que utilizaban para refrescar a su señor. Les seguían los nobles y los guerreros, juntos se agruparon en torno al príncipe, que estaba sentado en su trono, tan melancólico y triste como de costumbre.

Cuando todos estuvieron en su lugar, el tlapixcaltzin (director de ejecuciones), golpeó tres veces con su báculo y no tardaron en aparecer varias jóvenes bellísimas, las cuales empezaron a danzar armoniosamente para ver si aquello elevaba la moral de Quetzaltótotl; pero éste, sin prestar la menor atención, cerró los ojos y pareció caer en un profundo sueño. Viendo que la maniobra no surtía el efecto deseado, el tlapixcaltzin volvió a golpear con su vara y las bailarinas abandonaron la recámara, y fueron sustituidas por unos guerreros que ejecutaron otra preciosa danza; pero el joven príncipe tampoco les hizo caso.

Luego pasaron los bailarines acróbatas, sin conseguir tampoco algo, y más tarde un mecatécatl (señor del cordel), quien entonó un canto en honor del melancólico príncipe, pero éste, molesto porque el canto insinuaba que la enfermedad se debía a un mal de amores, se puso en pie terriblemente enojado y gritando ordenó que: el cantor desapareciera de su vista, también los guerreros y los nobles que habían llegado con anterioridad y lo rodeaban.

Cuando el príncipe estuvo solo nuevamente, se dirigió al altar de Xochiquetzalli (Diosa de las Flores, del Amor y de la Belleza), el altar olía a incienso y perfume. Quetzaltótotl le rogó que curase su padecimiento con su enorme poder. Justo en el momento en que su ruego finalizaba, entró a la recámara un sirviente para informarle que un grupo de pescadores había atrapado en sus redes una gigantesca concha y que suponían que dentro de ella había guardada una perla preciosa.

El príncipe ordenó que la concha fuese llevada a la sala, y así lo hicieron los pescadores al instante. Luego, ante la admiración de Quetzaltótotl por la maravilla sacada del mar, ejecutaron la danza de las redes para intentar destruir el hechizo que encerraba la misteriosa concha.

Al finalizar la danza, el joven ordenó que abriesen la concha, pero fue una tarea imposible. Entonces, Quetzaltótotl, enfurecido ante la debilidad de los pescadores, los sacó de la recámara y mandó llamar al Otetlacuilique (Hechicero), quien tendría que descifrar el misterio.

El Otetlacuilique llegó pronto y empezó a poner en práctica exorcismos y diversas fórmulas mágicas para acabar envolviendo a la gigantesca concha en una nube de incienso y yerbas aromáticas. Al cabo de un rato, la concha se abrió lentamente y en su interior apareció la figura de una hermosa y delicada mujer, quien ante los ojos asombrados de Quetzaltótotl parecía despertar de un largo sueño. Poco a poco la mujer se fue enderezando hasta quedar de pie y tanto el príncipe como el hechicero pudieron contemplar su belleza sin par.

Quetzaltótotl llegó a pensar que se trataba de una diosa, de modo que se inclinó para venerarla mientras el otetlacuilique se marchaba silenciosamente.

—Diosa, ¿cómo te llamas? —preguntó el príncipe.

Epiolohtzin —respondió la belleza mientras sonreía dulcemente. Y en ese preciso instante surgió de las profundidades marinas una encantadora melodía, y con su delicado compás, Epiolohtzin empezó a bailar con gran delicadeza.

Locamente enamorado, Quetzaltótotl trató de abrazar a la joven, pero ella se apartó, invocando a Ilhuicateotl, (Dios del Mar) para que la protegiese. De repente, el océano rugió amenazador y se desató una feroz tormenta. Acto seguido, entre relámpagos y truenos apareció el príncipe del mar, Tlapachtli, acompañado de las más bellas acihuatlames (sirenas).

Quetzaltótotl quedó paralizado cuando vio todo aquello y Epiolohtzin aprovechó el descuido para huir, pero el príncipe de Tenochtitlán reaccionó y la persiguió. Atento, Tlapachtli extendió su manto ante él y lo inmovilizó. Luego empezó a bailar una danza de amor con la belleza salida de la concha y ambos, tomados de la mano y seguidos por las bellas acihuatlames, se dirigieron al mar y desaparecieron bajo las aguas. Entonces la tormenta cesó, el mar recobró su tranquilidad y de las profundidades emergió una fantástica melodía.

Epiolohtzin había regresado al reino de su padre, Ilhuicateotl, y Quetzaltótotl no tuvo más remedio que contemplar cómo aquella mujer tan bella se iba para siempre.

El maguey

Cuando los dioses mexicas entregaron a los hombres toda clase de frutos y les mostraron las técnicas para cosecharlos, se dieron cuenta de que aquello no sería suficiente para los habitantes del planeta. No les bastaría con aquello para ser felices y pensaron que era necesario crear algo más, algo que les provocara alegría, que los estimulase al canto y que despertara sus pasiones.

Ehécatl (Señor de los Vientos) recordó que una vez había conocido en un lejano lugar a Meyahuel (Fuente Sagrada), diosa agrícola de una belleza sin igual y de formidable inteligencia. De modo, que se puso en camino para pedirle consejo.

Las normas que regían el lugar donde se encontraba Meyahuel eran muy rígidas y Ehécatl lo sabía perfectamente. La joven diosa formaba parte de un grupo de vírgenes que vivían bajo la protección de su abuela Tzitzimitl (Demonio Celestial de la Oscuridad), experta en las artes mágicas. Ésta había prohibido a las jóvenes, todas hermanas, que

se ausentaran sin permiso. Si no obedecían a esa orden, per-
derían la vida.

Ehécatl llegó cuando todas dormían y despertó a
Meyahuel sin hacer ruido. La condujo a un lugar seguro y
le explicó los motivos de su visita. La bella diosa estuvo de
acuerdo en unir sus poderes a los del Señor de los Vientos
para hacer felices a los seres humanos y, sin perder un
segundo, ambos se dirigieron al mundo.

Después del viaje, y en el preciso instante en que los pies
de los dos dioses entraron en contacto con la Tierra, ambos
se convirtieron en un bello y corpulento árbol que se abría
en dos grandes ramas: la correspondiente a Ehécatl era
Quetzalhuéxotl, o Sauce Precioso; la de Meyahuel,
Xochicuáhuitl o Árbol Florido. Todo parecía darse a pedir
de boca, a no ser porque la anciana guardiana, al despertar,
buscó a Meyahuel, y al descubrir que no estaba se puso
furiosa. Llamó a sus demás nietas para que le ayudaran a
encontrar a Meyahuel, y cuando por casualidad pisaron la
tierra que había junto al majestuoso árbol, éste se rompió y
las dos ramas quedaron separadas.

Tzitzimitl reconoció en una de ellas a la joven fugada y,
utilizando sus artes mágicas, le devolvió su aspecto primige-
nio. Después, para vengarse con toda su ira, la destrozó y
repartió sus pedazos entre las hermanas diablesas para que
se los comieran.

Una vez que las diosas malvadas se hubieron marchado,
Ehécatl también recobró su antigua forma y, lleno de triste-
za, recogió los huesos de la bella Meyahuel que se hallaban

extendidos por el suelo y los enterró en los campos de los alrededores.

Al poco tiempo, de los huesos enterrados brotó una hermosa planta de grandes hojas puntiagudas, de la cual, haciendo incisiones en el tronco, fluye un líquido dulce que, al fermentarse, se convierte en pulque.

De ese modo se cumplió la misión para la que ambos dioses se habían unido: proveer a los hombres de un producto que alegrara sus corazones.

El corazón de Copil

Mientras los aztecas se dirigían hacia el sur buscando dónde construir su ciudad, tenían como hermana mayor a una mujer llamada Malinalxóchitl (Flor de Yerba). Ella era hermosa y delicada, además de ser experta en las artes mágicas. Tanto era su poder que podía llegar a matar a un hombre devorando su corazón con sólo mirarlo y sin que aquél sintiera absolutamente algo. También podía manipular la vista de cualquier ser humano para que éste creyese que tenía delante de sí a una bestia monstruosa.

Durante las noches, mientras la gente dormía, Malinalxóchitl apresaba a un hombre, lo llevaba afuera del campamento y lo ofrecía a una serpiente venenosa. Para realizar sus artes solía utilizar también escorpiones, gusanos y arañas, y al ser una bruja hábil, podía transformarse en el animal que quisiera. Era tanto el terror que producía, que nadie se atrevía a maltratarla, y ella exigía que la venerasen como a una gran diosa.

Por mucho tiempo, el pueblo Azteca soportó las tiranías de Malinalxóchitl porque era hermana del dios Huitzilopochtli, pero llegó un momento en que los sacerdotes se quejaron en sus plegarias y el dios no tardó en contestarles, según su costumbre, a través de los sueños.

"Mi hermana es una amenaza —les dijo—. No puede reportarles nada bueno y, por tanto, les aconsejo que no traten más con ella. Mañana por la noche, durante el primer sueño, deben marcharse sin hacer ruido, y así abandonarla. Yo tengo la misión de gobernarlos por la fuerza de mi brazo, de la flecha y el escudo, de mi pecho y mis hombros, pero nunca mediante la brujería. Siempre protegeré a mi pueblo, vaya donde vaya, procuraré que viva bien y haré grande y glorioso el nombre de los mexicas. Nuestras conquistas nos proporcionarán: oro, jade y plumas de vivos colores para adornar mi templo. También tendremos maíz, chocolate y algodón; no nos faltará nada".

Tal y como Huitzilopochtli les indicó en el sueño, aquellos hombres abandonaron a Malinalxóchitl en los bosques, dejándola en compañía de unos pocos sirvientes.

Al día siguiente, cuando la malvada bruja despertó, miró a su alrededor y gritó: "¡Mi hermano nos ha traicionado, se ha ido con toda su detestable compañía! ¿Hacia dónde se dirigirán? Estas tierras están llenas de pueblos que no nos conocen ni son amigos nuestros y además tienen poderosos ejércitos".

Entonces, Malinalxóchitl y sus acompañantes fueron a la ciudad más cercana y pidieron permiso a sus habitantes para establecerse en un lugar que estaba en las afueras, llamado

Colina Peñascosa. El permiso les fue concedido y se quedaron en aquel lugar, que posteriormente pasó a llamarse
Malinalco, donde sus habitantes tienen fama de brujos.

Mientras, los mexicas continuaban su camino. Se detenían
de vez en cuando para plantar y cosechar un poco de maíz
y así poder alimentarse durante su trayecto, pues el objetivo
era encontrar el lugar donde pudieran fundar su ciudad.

Finalmente llegaron a la colina de Chapultepec, a la orilla
del gran lago que luego sería conocido como el Lago de
México. Aquel terreno, lejos de ser tranquilo, se encontraba
rodeado de pueblos extraños que esperaban el momento
para poder caer sobre los mexicas y acabar con ellos.

En el transcurso de los años, Malinalxóchitl tuvo un hijo,
Copil, a quien le enseñó las artes mágicas y le contó que su
hermano Huitzilopochtli la había traicionado y que los
mexicas la habían abandonado en el bosque, aprovechando
que estaba dormida. Copil, conmovido por las lágrimas de
su madre, juró vengarse utilizando los malvados métodos
que aquélla le había enseñado. Pronto se enteró de que el
pueblo de Malinalxóchitl se había asentado en Chapultepec.
Entonces, visitó las ciudades vecinas y les dijo a sus habitantes
que los nuevos moradores eran muy peligrosos.

"No se fíen de los mexicas —les advirtió—, quieren
conquistarlos, y cuando ustedes se hayan convertido en sus
esclavos, sufrirán en sus propias carnes las horribles
costumbres que yo tuve ocasión de ver con mis propios ojos".

Los pueblos de Atzcapotzalco, Tlacopan, Coyohuacan,
Xochimilco, Chalco y Colhuacan formaron una gran alianza

y marcharon hacia Chapultepec; mientras, Copil subía a una colina cercana para poder contemplar con gusto la destrucción de los mexicas que habían traicionado a su madre.

Pero la sorpresa de Copil fue tremenda cuando vio que varios sacerdotes lo apresaban para luego sacarle el corazón. Huitzilopochtli, quien estaba enterado de los planes de Copil, había tomado sus medidas antes de que diera inicio el ataque.

Cuando los sacerdotes le presentaron a Huitzilopochtli el corazón desgarrado de Copil, les ordenó que lo llevaran al gran lago y lo arrojaran a sus aguas, lo más lejos que les fuera posible. Uno de los sacerdotes entró al lago y arrojó el corazón con todas sus fuerzas. El órgano fue a caer en una isla pantanosa y se dice que de él brotó el nopal espinoso que señaló la futura sede de la ciudad de México.

El mito de Coatlicue

Coatlicue, cuyo nombre significa Señora de la Falda de Serpientes, era la diosa Tierra de la vida y la muerte para los aztecas. Era una mujer de aspecto horrible, una extraña mujer con una falda de serpientes y un collar hecho con los corazones de las víctimas de los sacrificios. Sedienta de sangre, tenía los senos flácidos y afiladas garras en pies y manos.

Un cuchillo de obsidiana fecundó por primera vez a Coatlicue, y de tal embarazo nacieron la diosa Coyolxauhqui (Campanas Doradas) y un grupo de vástagos que fueron controlados por esta diosa, quien tenía poderes mágicos capaces de provocar importantes daños.

Tiempo después, Coatlicue quedó embarazada nuevamente, esta vez por una bola de plumas. Contó a sus descendientes lo ocurrido y éstos se ofendieron muchísimo, ya que, según la tradición, una diosa sólo podía quedar embarazada en una sola ocasión, aquella en que debía dar vida a la auténtica descendencia divina, y ninguna más.

Coyolxauhqui y sus hermanos no perdonaron lo que consideraban un ultraje y decidieron asesinar a su propia madre como venganza. Durante el período de gestación, Coyolxauhqui, ayudada por sus hermanos, decapitó a su madre, pero inmediatamente, el dios Huitzilopochtli, que se encontraba en el vientre de Coatlicue, apareció armado y con una serpiente mató a muchos de sus hermanos y hermanas, cuyos cuerpos se convirtieron en estrellas.

A Coyolxauhqui le esperaba otro final. Loco de furia, Huitzilopochtli le cortó la cabeza y la lanzó al cielo, donde se convirtió en la Luna. El resto del cuerpo de la diosa lo arrojó a la profunda y oscura garganta de una montaña y allí quedó para siempre.

Las manchas del ocelote

En tiempos remotos, cuando todavía el hombre no habitaba la tierra y ésta era el paraíso en donde animales y plantas vivían felices, en lo que ahora conocemos como Iztapalapa había una loma llamada cerro de Citlaltépetl (Cerro de la Estrella), y en ella moraba un ocelote. Aquel animal tenía la piel del color del sol, además de suave y fina, sin una sola mancha que pintase su cuerpo.

El ocelote no era feroz, sino tranquilo y se alimentaba de frutos y raíces, no de otros animales. No es exageración decir que el ocelote era hermoso, ya que sus ojos relucían como lumbre mientras se paseaba majestuosamente entre los escollos; sin duda, era el rey de todas las bestias del lugar. Cuando llegaba la noche y acudía a saciar su sed al riachuelo, su hermosa figura quedaba reflejada en las aguas y entonces se sentía feliz. En muchas ocasiones se tendía a reposar bajo los árboles y a contemplar la inmensidad del gran lago, semejante a una lágrima de los cielos, o simplemente se asombraba de los rumores del bosque.

Aquel felino era un soñador que no sólo admiraba los encantos de la naturaleza, sino también, durante las noches, gustaba de sentarse sobre sus patas traseras para pasar horas y horas vislumbrando el cielo, y por ese motivo conocía a todos sus habitantes: la señora Meztli (Luna), la señora Citlapul (Estrella Venus), Manal Huiztli (Orión), Ixbapapalotl (Osa Mayor), Tezcatlipoca (Osa Menor), etcétera.

Una noche en que disfrutaba de la belleza del cielo, el ocelote descubrió un objeto desconocido que le sorprendió; se trataba de una preciosa estrella que lucía una cola brillante y larga y que jamás había cruzado aquel cielo que él como el mejor conocía.

Durante varias noches observó la estrella y pudo ver que pisaba con porte orgulloso los caminos azules del cielo; entonces, al ocelote, el rey del cerro, le molestó aquella actitud un tanto desafiante. Para él, la señora del Cielo era sólo una, Meztli, y pensaba que la extraña estrella quería opacar su belleza, a pesar de que Meztli, la señora Luna, era inigualable en cuanto a magnificencia y hermosura.

Otra noche la nueva estrella peinaba su larga cabellera, cuando de repente Citlapul se dirigió al ocelote:

—Hermano, tú que entiendes nuestro lenguaje, quiero decirte que no te asombres de que la intrusa esté muy a gusto en nuestro mundo. Es una estrella orgullosa que ha venido de fuera y no tardará en marcharse.

Pero a pesar de las explicaciones de la Estrella Venus, el ocelote no pudo dejar de odiar a la intrusa y así, una noche alzó la cabeza hacia el cielo y dijo, mientras miraba a la recién llegada:

—Escucha, forastera; debes saber que yo amo a la señora Meztli y admiro a todas sus hijas, las estrellas. Debes saber que desde que nací las he visto iluminar el manto azul del cielo... dime pues, ¿qué haces tú en su lugar?

Entonces Citlalpoca (Estrella Humeante), se detuvo y le respondió terriblemente molesta:

—¿Quién te crees que eres para hablarme con ese descaro? Es sólo privilegio de los dioses contemplar mi hermosura. Y ahora escúchame bien, infeliz habitante de los montes: ¡no te atrevas a volver a dirigirme la palabra!

Enojado y furioso, el ocelote le respondió:

—La señora Luna y sus hijas estrellas son mis amigas, y todas las noches conversan conmigo a pesar de mi insignificancia. Las admiro porque las amo, y por ese amor que les profeso te exijo que abandones su hogar y dejes de pasear tu vanidad por los caminos que sólo le pertenecen a la señora Meztli.

—Debes saber, pobre ocelote —repuso Citlalpoca—, que del mismo modo que soy hermosa, también soy malvada. Mi aparición en el cielo anuncia la muerte de un guerrero, de un príncipe o de un rey. Y por si eso te parece poco, también soy mensajera de la guerra y del hambre. Todo ello es suficiente motivo para que me hables y me trates con mucho respeto.

Al ocelote no parecieron importarle las amenazas de la Estrella humeante y le gritó desafiante:

—¡Nunca lograrás que te adore! ¡Tú no eres la señora del Cielo! ¡Sólo eres una perversa intrusa! —y luego le dio la espalda y se dirigió a su cueva. Pero el cometa parpadeó lleno de rabia, y arrojó las flechas de luz de su cola sobre el valiente ocelote:

¡Insensato! —exclamó al mismo tiempo—.

¡Soy Citlamina, la "Estrella que arroja flechas"!

Acto seguido, un horrible rugido de dolor se oyó en el Cerro de la Estrella, y la piel tersa y suave de aquel hermoso ocelote, del color del sol y sin una sola mancha, quedó quemada en distintas partes. Desde esa noche, el ocelote, o jaguar, ostenta grandes manchas negras sobre su piel.

El nacimiento de Huitzilopochtli

En Coatepec, cerca de Tula, habitaba una mujer de nombre Coatlicue (Señora de la Falda de Serpientes), que era madre de los cuatrocientos Surianos y de Coyolxauhqui, hermana de estos.

Allí en Coatepec (Montaña de las Serpientes), Coatlicue barría para hacer penitencia. Un día, mientras realizaba su tarea rutinaria, descendió de repente un plumaje, una especie de bola de plumas finas y delicadas. La mujer la recogió y la guardó en su seno. Al terminar de barrer, buscó la bola de plumas, pero ya no estaba donde la había escondido, e inmediatamente quedó embarazada.

Los cuatrocientos Surianos al ver a su madre en aquel estado, gritaron: "¿Quién ha hecho esto?, ¿quién la dejó encinta? ¡No podemos permitir esta deshonra!" Y Coyolxauhqui, igual de enojada, les dijo: "Hermanos, ella nos ha deshonrado, debemos matar a nuestra madre, esa mujer perversa que está embarazada".

Al enterarse de los planes de sus propios hijos, Coatlicue entristeció y un inmenso espanto se apoderó de ella, pero Huitzilopochtli, el hijo que llevaba en sus entrañas intentaba calmarla con estas palabras: "Madre, no tengas miedo; yo sé cómo debo actuar",

Mientras tanto, Coyolxauhqui y los cuatrocientos Surianos se reunieron para llevar a cabo su maléfico plan. Todos estuvieron de acuerdo con asesinar a su madre porque, para ellos, ella los había traicionado, ofendido y ultrajado. Si alguien dudaba, Coyolxauhqui, que era la cabecilla de aquella maquinación, lo convencía y no había más que hablar.

Los cuatrocientos Surianos eran como capitanes, torcían y enredaban sus cabellos como si se preparasen para una guerra. Pero uno de ellos de nombre Cuahuitlícac, no estaba de acuerdo con el plan. Todo lo que oía corría a decírselo inmediatamente a Huitzilopochtli, y éste le respondía: "Ten mucho cuidado, no te arriesgues; yo sé cómo debo actuar".

Finalmente llegó el momento de poner en marcha la horrible misión. Coyolxauhqui guió a los cuatrocientos Surianos, que iban bien preparados para lo que se proponían realizar. Se distribuyeron sus vestidos de papel, su anecúyotl (especie de ceñidor), sus ortigas, sus harapos de papel pintado, se ataron en sus piernas unas campanitas llamadas oyohualli y cargaron flechas de puntas barbadas. Empezaron a caminar en orden, en estricta fila, al mando de Coyolxauhqui, pero Cuahuitlícac subió en seguida a la montaña para hablarle desde allí a Huitzilopochtli: "Ya vienen" le dijo. Y le fue explicando cada paso que daban sus malvados hermanos.

Huitzilopochtli se puso sus atuendos y tomó un escudo de plumas de águila, varios dardos y una lanza. Se pintó el rostro con franjas diagonales con el color llamado *pintura de niño* y en su cabeza utilizó pinturas finas. Luego se colocó sus orejeras. En su pie izquierdo (que era estrecho), llevaba una sandalia cubierta de plumas, sus piernas y brazos los pintó de azul.

Y el llamado Tochancalqui prendió fuego a la serpiente hecha de antorchas llamada Xiuhcóatl, que era sierva de Huitzilopochtli. Luego, con ella le cortó la cabeza a Coyolxauhqui, que quedó abandonada en la ladera de Coatépetl. El cuerpo de la vil hermana rodó hacia abajo y cayó hecho pedazos. Sus piernas, sus manos y su cuerpo quedaron dispersos por varios lugares.

Entonces, Huitzilopochtli se puso a perseguir a los cuatrocientos Surianos, y cuando los tuvo en la falda de la montaña les hizo dar cuatro vueltas, mientras no dejaba de acosarlos. Los golpeaba, los correteaba, y ellos no podían hacer algo contra él, hasta el punto de que le suplicaban: "¡Ya basta, por favor!" Pero Huitzilopochtli sin piedad de ellos continuaba persiguiéndolos.

Sólo unos pocos pudieron escapar de sus manos y se dirigieron hacia el sur. A todos los demás Huitzilopochtli les dio muerte después de hacerlos sufrir, y ya apaciguada su ira les quitó sus atavíos, sus adornos, su anecúyotl, e hizo con ellos sus propias insignias y símbolos.

La Llorona

Se hallaban cuatro sacerdotes comprobando el movimiento de las constelaciones para determinar la hora. Para ello miraban al cielo y al espejo que formaba el lago de Texcoco, pero de repente se oyó un grito sobrecogedor, un sonido agudo que parecía provenir de la garganta de una mujer agonizante y que iba extendiéndose en derredor.

—¡Es Cihuacóatl! —exclamó el más viejo de los cuatro sacerdotes.

—La diosa ha salido de las aguas y ha bajado de la montaña para prevenirnos otra vez —agregó otro.

—Los cuatro subieron al lugar más alto del templo del gran Teocalli, dedicado a Huitzilopochtli, y vieron hacia el oriente una figura blanca, con el cabello peinado de tal modo que parecía llevar en la frente dos pequeños hongos, y que arrastraba una cola de tela tan vaporosa que jugueteaba con el frescor de aquella noche de Luna llena.

Cuando el grito se apagó y su eco se perdió a lo lejos, todo quedó en silencio, pero un nuevo alarido llegó a los oídos de los sacerdotes.

—¡Hijos míos! —se escuchó—, ¡amados hijos del Anáhuac, la destrucción de todos ustedes está próxima! —y cuando aquella frase alcanzaba las faldas del monte, siguió la misma voz chillona—. ¿Adónde irán? ¿Adónde los podré llevar para que escapen de un destino tan cruel?

Los sacerdotes estuvieron seguros de que aquella aparición que sumía en el terror a los habitantes de la gran Tenochtitlán era la diosa Cihuacóatl (Nuestra Madre), la protectora de la raza mexica, la buena madre que había heredado a los dioses para luego conferir su poder y su sabiduría a Tilpotoncatzin.

El emperador Moctezuma Xocoyotzin que se hallaba en su palacio empezó a mirar con ojos vivos los códices que se guardaban en los archivos del imperio, pero no pudo saber algo hasta que los sacerdotes llegaron para descifrar lo allí escrito.

—Señor —le dijeron—, en estos viejos códices se nos comunica que la diosa Cihuacóatl aparecerá, según el sexto pronóstico de los profetas, para anunciarnos la destrucción de su imperio. Dicen aquí los antiguos sabios, mucho más sabios que nosotros, que hombres extraños vendrán por el oriente a someter a tu pueblo y a ti mismo, que tú y los tuyos llorarán y sufrirán grandes penas, que finalmente toda tu raza desaparecerá y nuestros dioses serán humillados por otros dioses mucho más poderosos.

—¿Acaso serán dioses más poderosos que Huitzilopochtli, que el gran destructor Tezcatlipoca y que nuestros valerosos dioses de la guerra y de la sangre? —preguntó Moctezuma mientras inclinaba la cabeza humilde y temeroso.

—Así lo indican esos sabios y por eso hemos visto y oído a la diosa Cihuacóatl, que vaga por los territorios del Anáhuac llorando y gritando, para quienes sepan oír, las desgracias que pronto nos alcanzarán.

Moctezuma guardó silencio y se quedó pensativo, hundido en su gran trono de mármol y esmeraldas; los cuatro sacerdotes doblaron los pasmosos códices y se retiraron también en silencio para ir a depositar de nuevo en los archivos imperiales, aquello que dejaron escrito los más sabios y más viejos.

Tiempo después, cuando llegaron los colonizadores españoles y se inició la conquista, una mujer vestida de blanco y con su cabello negro flotando al viento de la noche, solía aparecer por el suroeste de la capital de la Nueva España, luego tomaba rumbo al oriente y cruzaba calles y plazas como impulsada por la brisa. Finalmente la aparición se detenía ante las cruces, los templos y los cementerios para lanzar un grito que hería el alma de cualquiera: "¡Ay, mis hijos... ay!" Y tal alarido no dejaba de repetirse durante toda la noche.

Nadie se atrevió a detenerla e interrogarla. Todos creyeron que se trataba de un fantasma errante que penaba por un desdichado amor. Y así es como la leyenda de la Llorona se convirtió en una de las más populares de la Nueva España.

La leyenda de los volcanes

Las tropas aztecas regresaban de la guerra, pero no sonaban en su recibimiento ni los teponaxtles (especie de tambor), ni las caracolas y tampoco el huéhuetl (otra clase de tambor) hacían rebotar sus percusiones en las calles y los templos. Ni siquiera el sonido de las chirimías podía percibirse en el inmenso valle del Anáhuac. Aquellas milicias llegaban de nuevo a casa, esta vez derrotadas y considerablemente disminuidas en su número.

El guerrero Águila, el guerrero Tigre y el que se decía capitán Coyote; cargaban los escudos rotos, los penachos destrozados y llevaban las ropas hechas un desastre convertidas en harapos ensangrentados. Era perfectamente explicable que ninguna señal de alegría o victoria se dejase ver a lo largo de todo el territorio.

Hacía mucho tiempo que un numeroso Ejército Azteca había partido con el objetivo de conquistar las tierras del sur. Después del transcurso de dos ciclos lunares, se creía que la conquista ya se había realizado, pero ahora regresaban los guerreros, abatidos y avergonzados. No les había servido de algo la valiente lucha sostenida durante todo aquel tiempo, ni las artes de combate aprendidas en el Telpochcalli, (Academia de la Guerra); volvían derrotados y vacíos de éxito.

Al frente de la desmoralizada expedición iba un guerrero azteca que, pese a lo desgarrado de sus vestiduras y a lo desaliñado de su penacho de plumas de varios colores, conservaba su plante, su altivez y el orgullo de su raza. Todos los demás guerreros ocultaban sus rostros en señal de vergüenza, y las mujeres que los habían esperado no dejaban de llorar mientras corrían a esconder a sus hijos para que no vieran semejante espectáculo deshonroso.

Sólo una mujer, Xochiquetzal (Hermosa Flor), no soltaba ni una lágrima. Veía fascinada al bravo guerrero que con su porte quería demostrar que había luchado sin dar tregua contra un enemigo superior en número, y que no se avergonzaba de la derrota.

Cuando las miradas de ambos se cruzaron, Xochiquetzal palideció al sentir que los ojos vivaces y oscuros del guerrero penetraban los suyos. La Hermosa Flor sintió que se marchitaba de improviso porque aquel guerrero era su amado y le había prometido amor eterno.

Entonces Xochiquetzal volteó furiosa hacia el tlaxcalteca con el que se había casado una semana antes. Él la había engañado diciéndole que el guerrero azteca con quien estaba comprometida había muerto en combate contra los zapotecas del sur, y Xochiquetzal ahora comprobaba que todavía estaba vivo.

—¡Me mentiste, hombre vil y odioso! —le gritó al tlaxcal-teca—. ¡Me engañaste para poder casarte conmigo, pero yo no te amo porque siempre lo he amado a él y ha regresado y seguiré amándolo siempre! —y después echó a correr por la llanura.

En las cristalinas aguas del gran lago de Texcoco, el gue-rrero azteca vio cómo la bella joven corría y su marido la perseguía a poca distancia. Al comprobar que el semblante de su amada era de terror, el valeroso guerrero, poseído por la ira, salió de las filas de los vencidos e inició la persecución del matrimonio.

Cuando el azteca les dio alcance, el malvado tlaxcalteca sacó la lanza que ocultaba bajo la tilma, a lo que el primero respondió esgrimiendo su macana dentada, incrustada de dientes de jaguar y de coyámetl, es decir, de jabalí.

Fue una encarnizada lucha entre el amor y la mentira. Disputaron durante un buen rato; el azteca buscaba con su macana el cráneo del tlaxcalteca y éste trataba de llegar al pecho de aquél con la punta erizada de su lanza. No dejaban de desplazarse de un lado a otro, hasta que finalmente el azteca logró herir de muerte al villano que le había robado a su amada. El tlaxcalteca huyó hacia su tierra, quizá con la intención de conseguir apoyo para vengar la afrenta.

Por su parte, el vencedor corrió a buscar a su prometida, pero triste fue verla tendida, muerta en medio del valle, por-que una mujer que amó tan intensamente como ella lo hizo, no podía vivir cargando con la pena y la vergüenza de haber pertenecido a otro hombre, cuando en realidad había he-cho una promesa de amor eterno al guerrero azteca. Éste se arrodilló a su lado y lloró con los ojos del alma. Y cortó maravillas y flores con las que cubrió el cuerpo inerte de la hermosa Xochiquetzal. Coronó sus sienes con las olorosas flores de Yoloxóchitl (Flor de Corazón), y sacó un incensario que llevaba consigo en donde quemó copal. Llegó el cenzontle, ave que imita las voces de cuatrocientos pájaros, y poco después cruzó el cielo nublado el tlahuelpoch, el mensajero de la muerte. Un gran relámpago iluminó todo el valle y la tierra se estremeció como si fuera a abrirse. Con el gran temblor empezaron a caer piedras de fuego sobre los cinco lagos, el cielo se llenó de tinieblas y la gente del Anáhuac quedó sumida en el terror.

Cuando la noche llegaba a su fin, dos montañas nevadas aparecieron en aquel lugar: una tenía la forma de una mujer recostada sobre un montón de flores blancas, y otra alta y elevada, imitando la figura de un guerrero azteca arrodillado junto a los pies de una impresionante escultura de nieve.

Esos dos volcanes que hoy vigilan el hermoso valle del Anáhuac llevan ahora por nombre; Iztaccíhuatl (Mujer Dormida) y Popocatépetl (Montaña que Humea).

En cuanto al traidor tlaxcalteca, fue arrastrándose en su huida hasta desfallecer muy cerca de su tierra. Se convirtió en la montaña Citlaltépetl y se cubrió de nieve. Actualmente se le conoce como Cerro de la Estrella, y desde lejos vigila eternamente a los dos amantes, a quienes ya nunca podrá separar.

El viejo del Teuhtli y el conejo

Una mañana soleada en Milpa Alta, un conejo corría hacia Tlacechpa. Aquel conejo era huérfano y vivía solo, sin nadie que lo amparase. Ya se había recogido la cosecha y toda la tierra estaba seca, de modo que no había en los alrededores nada que comer, ni una sola planta comestible; lo único que podía encontrar eran hierbas medicinales.

Llegó un momento en que le dio sed y anduvo en busca de algún maguey del cual pudiera extraer agua. Dio vueltas alrededor de la Montaña de Granizo y luego llegó a Teutitla, sin hallar nada.

Ya cansado de tanto saltar y caminar, el conejo seguía su ruta con gran dificultad, y entonces se cruzó en su camino un viejo renqueante que cargaba un gorro. No tardó ni un segundo en reconocerlo y, a pesar de las penurias que estaba pasando debido a la escasez de agua, se alegró inmensamente. Se arrodilló, besó el suelo y le dijo al anciano:

—Mi Padre, mi Señor, viejo del Teuhtli (Señor Absoluto), ¿a dónde te diriges? No puedo creer que todavía camines. ¿Por qué te levantaste de tu lecho? Mi amado Padre, deberías estar acostado. Si tú te vas, todos estamos perdidos. No te marches, ¿qué es lo que quieres? Dímelo sin reservas, dime lo que deseas y yo iré a buscarlo y te lo traeré obediente.

El viejito lo miró y le respondió del siguiente modo:

—Mi buen conejito, ¿qué podrías hacer por mí? Todo está seco en estos parajes. El frío es terrible y es el motivo por el que me he levantado, para calentarme, pues no quiero congelarme. Deseo permanecer en este lugar para saludar a los habitantes de las montañas, pero me siento bastante débil y no creo que sea capaz de resistir demasiado tiempo. Pronto llegará la noche y mi cabeza y mi cuerpo son muy frágiles.

—Tienes razón, Padre mío —repuso el conejo—, pero ¿por qué te sucedió todo eso? Quizá no has comido nada, o puede ser que estés enfermo y de ahí provenga tu debilidad.

—No, hijo mío, no tengo ninguna dolencia —dijo el viejo del Teuhtli.

—Si dices que no estás enfermo —añadió el conejito—, ya sé lo que te pasa. Toma tu cuchillo de obsidiana, córtame con él y bebe mi sangre. De ese modo te volverás fuerte y podrás desplazarte a donde desees.

El viejo miró con admiración al animalito y le dijo:

—No puedo hacer eso, hijo mío. ¿Por qué me pides que te mate? Sería mucho más conveniente que el que muriese fuera yo; soy más viejo y he vivido muchos más años que tú, que justo ahora empiezas a caminar por aquí.

—Eso no importa, Padre mío —dijo el conejo—. Te lo suplico, haz lo que te aconsejo. Yo vivo y me alimento gracias a ti, y tú siempre cuidas de mí. ¿Cómo es posible que desees la muerte? Por mi parte, he ido por todas partes y no ha habido forma de encontrar algún lugar donde conseguir agua.

—Hijo mío —respondió el viejito—, te agradezco infinitamente lo que estás dispuesto a hacer por mí, y por ello escucha lo que voy a decirte: voy a beber agua de maguey y luego iré corriendo a mi casa para descansar. Tú debes caminar hasta Mexcalço. Ahí encontrarás agua en una cueva y verás muchas frutas para que puedas saciar tu hambre, porque yo aprecio enormemente tu corazón.

El cazahuate

Una joven preciosa que estaba sentada en la ribera de un río tenía los pies sumergidos en el agua y cantaba dulcemente. Desde la espesura del bosque contiguo alguien la escuchaba con suma atención, y pronto empezó a acercarse a ella con mucho cuidado de no ser visto.

Al llegar, se sentó a su lado, mas la muchacha continuó cantando. Cuando terminó la melodía, ambos empezaron a hablar tímidamente. El nombre del recién llegado era Mazatlámac (Venado de la Orilla del Río), y el de la bella joven Noachcaxóchitl (Flor de Amor).

Estuvieron platicando de sus vidas y finalmente el muchacho decidió decirle a Noachcaxóchitl la atracción que sentía por ella.

—Muchos días he esperado este encuentro —dijo el joven—. Créeme si te digo que durante mis paseos por el bosque nuestro señor Ehécatl (Dios del Viento), me había susurrado tu nombre al oído.

Permanecieron charlando hasta que los bailarines que flotan en los ojos del sol Tonatiuh terminaron sus danzas y cerraron los párpados del astro. Muy cerca de Tonatiuh, despertaba Tláloc, que pronto dejó sonar su ronca voz. Sus flechas, dulces gotas de lluvia, empezaron a caer sobre los rostros de los dos jóvenes, quienes rompieron a reír, pero la suave llovizna no tardó en convertirse en un fuerte aguacero y tuvieron que correr en busca de refugio.

Después de corretear por el bosque, llegaron a una cueva repleta de murciélagos. Éstos, desde la oscuridad, hablaron entre sí en voz baja un buen rato y luego se adentraron en las profundidades de la gruta para ir a comunicarle a su amo, Ichcatliltic (Bola Negra de Algodón), el arribo de aquellos dos extraños seres humanos.

Ichcatliltic se puso muy contento y se apresuró a vestirse con su túnica de plumas de chachalacas y zopilotes. Después, reunió a su grupo de enanos y mutilados y juntos comenzaron a subir por los escalones socavados en las rocas. Pasaron por muchísimas galerías y cruzaron estancias, iluminadas por los ojos brillantes de los búhos, hasta que llegaron al refugio de los jóvenes. Cuando Noachcaxóchitl y Mazatlámac vieron a Ichcatliltic corrieron despavoridos hacia el bosque para esconderse. Pero el mago no les dio tiempo y convirtió a Mazatlámac en un venado de piel leonada y enorme cornamenta, aunque finalmente éste pudo escapar y evitar las flechas que Ichcatliltic le lanzaba.

Noachcaxóchitl no pudo escapar, ya que el brujo la paralizó y ordenó a sus enanos que la arrastrasen al interior de la caverna, y que allí la retuviescn hasta la llegada de la mañana. Los planes que tenía Ichcatliltic eran casarse con ella y obligarla a vivir con él para el resto de sus días.

La bella joven fue encerrada en una de aquellas estancias oscuras que tenía la morada del brujo, pero antes de finalizar la noche, el hechizo de petrificación concluyó y Noachcaxóchitl pudo escapar por una grieta que había en el techo. Mas no iban a acabar tan bien las cosas: Ichcatliltic, que nunca duerme, se dio cuenta de la fuga y puso todas sus energías en la persecución de Noachcaxóchitl, hasta que la encontró en el bosque.

La furia del brujo cuando vio a la joven resultaba terrorífica. Sus ojos centelleaban de rabia y movía las plumas de su capa como si fuesen puñales, mientras profería conjuros y hechizos terribles. Poco a poco, los brazos de la joven fueron transformándose en ramas cargadas de tantas flores blancas que terminaron por tocar el suelo. Pero en ese preciso instante, Tláloc, que dejaba el reino de los muertos, observó el maleficio y ordenó a los tlaloques que tocaran sus flautas, a la vez que él tocaba su caracola y dirigía una melodía ensordecedora y llena de ira.

Mazatlámac, que estaba escondido esperando el momento adecuado para liberar a su amada, comprendió que era imposible luchar contra Ichcatliltic y se acercó al árbol. Luego, unió su cornamenta al ramaje y dejó que las flores lo cubrieran por completo.

Todavía rabioso, el brujo tomó una de sus flechas y disparó contra el amor que unía a ambos jóvenes; tan bueno fue el disparo que alcanzó el corazón del venado, que cayó a los pies del florido árbol muriendo instantaneamente.

Es por eso que en otoño, cuando los cazahuates florecen, acuden a ellos los venados en busca del dulzor de sus capullos, y muchas veces sólo para encontrar la muerte.

La piedra que hablaba

Una de las cosas que más complacían a Moctezuma Xocoyotzin era que su pueblo construyese monumentos en su honor para resaltar su fama. Decía que las construcciones que los antiguos emperadores habían mandado alzar no eran lo suficientemente bellas, y con el paso de los años llegó incluso a dudar de la gigantesca piedra redonda donde eran sacrificados prisioneros para Huitzilopochtli. Así que un día Moctezuma decidió ordenar la construcción de una nueva piedra. La piedra que él deseaba debía ser de un antebrazo de ancho y dos antebrazos de alto.

Los cortadores de piedra del país buscaron durante mucho tiempo una roca de tales características, y finalmente la encontraron en un lugar llamado Acolco. Mandaron llamar a jaladores y levantadores de seis ciudades aztecas, quienes trajeron cuerdas y palancas. Utilizaron las palancas para sacar la piedra de la colina y luego arrastrarla a un lugar plano donde pudieran cortarla más cómodamente. Cuando la gran piedra estuvo en el lugar adecuado para poder ser trabajada, acudieron treinta finos talladores con sus cinceles y la convirtieron en una preciosa roca redonda, tan hermosa y extraña como jamás ninguna se había visto. Y mientras aquellos hombres se dedicaban a su labor, únicamente comían alimentos de excelente calidad, enviados por Moctezuma y servidos por el pueblo de Acolco.

Al cabo del tiempo, cuando la obra estuvo lista para ser transportada a la ciudad, los talladores informaron al emperador, quien a su vez ordenó a los sacerdotes que llevasen incienso y una considerable dotación de codornices. Cuando los sacerdotes llegaron adonde estaba la piedra, la decoraron con tiras de papel, la perfumaron con incienso y la salpicaron con goma fundida. También acudieron músicos con variados instrumentos y comediantes que tenían la misión de divertir a la piedra durante su viaje.

Todo estaba dispuesto para transportar la gran roca, cuando ocurrió algo inesperado: por más que lo intentaban, no podían mover la piedra ni un centímetro. En lugar de un objeto inanimado, parecía una gran planta provista de fuertes raíces, pues todas las cuerdas se rompían como si fuesen frágiles hilos de seda. Ante tanta adversidad, acudieron jaladores de otras dos ciudades. Amarraron la piedra con nuevas y más resistentes cuerdas y se pusieron a tirar; pero entonces la piedra habló: "Pueden seguir intentándolo, incluso con todos los jaladores del mundo. Nunca conseguirán arrastrarme al lugar que ustedes desean".

Pero los hombres siguieron trabajando para lograr su propósito. El emperador había dado órdenes de llevar la roca a México y ellos no podían rendirse. La piedra volvió a hablar: "Tiren pues, si es lo que quieren; más tarde les volveré a hablar". Y empezó a rodar fácilmente hacia delante. No hubo dificultad en llevarla a un lugar llamado Tlapitzahuayán, y allí los jaladores decidieron detenerse para pasar la noche descansando, mientras dos talladores, que ya habían finalizado su tarea, se adelantaban para informar a Moctezuma que la piedra había hablado.

—Ustedes están locos —dijo el emperador en cuanto los talladores le explicaron lo sucedido—. ¿Qué motivo tienen para venir a contarme mentiras tan grandes? —y llamó a los carceleros para que encerrasen a los dos mensajeros.

No confiado del todo, Moctezuma envió a seis emisarios para que comprobasen la verdad de todo aquel asunto, y cuando éstos oyeron hablar a la piedra, regresaron a informar a su emperador.

—Señor —dijeron—, es cierto que la piedra habla. La oímos decir que nadie podría moverla de su lugar.

—Entonces, Moctezuma aturdido ordenó que dejasen en libertad a los dos talladores que había ordenado encarcelar.

A la mañana siguiente, cuando todos despertaron, la piedra habló nuevamente: "¿Es que no entienden lo que les digo? ¿Por qué continúan jalando? Jamás conseguirán llevarme a México. Corran y díganle a Moctezuma que todos sus esfuerzos y caprichos no obtendrán frutos. Es más, díganle también que los tiempos son malos y que su final no tardará en llegar. Él, con su ambición, ha tratado de ser más grande que nuestro Señor, creador del cielo y de la tierra. Pero si no me creen, sigan tirando de mí hasta que se convenzan. Sigan comportándose como tozudos". Y así la piedra dejó que la transportasen hasta Iztapalapa. Allí volvió a detenerse y nuevos mensajeros acudieron a informar a Moctezuma acerca de las funestas palabras que había dicho por la mañana. El emperador se llenó de ira y de cólera, pero también se asustó, aunque no lo reconoció, y les dijo a los mensajeros que volviesen con la piedra para cumplir su trabajo.

Al otro día, la piedra volvió a moverse con facilidad y llegaron a la calzada que conducía a México. Cuando Moctezuma se enteró de que la piedra ya estaba al otro lado del agua envió sacerdotes para que la recibieran con flores e incienso. Incluso envió prisioneros para sacrificarlos en caso de que la piedra montase en cólera. La roca redondeada siguió moviéndose, pero cuando llegó a medio camino del lago se detuvo y dijo: "Me quedo aquí; por mucho que lo intenten no podrán llevarme más lejos".

A pesar de la resistencia de la calzada, la piedra rompió sus vigas y junto a ellas se hundió en el agua, provocando un espantoso estruendo. En el acto, todos los jaladores que estaban amarrados a las cuerdas murieron, y los que se hallaban alrededor quedaron malheridos.

Cuando Moctezuma se enteró de lo sucedido, decidió ir personalmente a la calzada para ver el lugar donde la hermosa piedra había desaparecido. Empeñado en su propósito, ordenó a los buceadores que rastrearan el fondo del lago para ver si la piedra se había asentado en algún lugar desde

donde fuera posible jalarla hacia la superficie, y posteriormente llevarla a tierra firme. Pero la sorpresa fue tremenda
cuando los buceadores fueron incapaces de encontrar la piedra ni rastro alguno de los hombres que habían muerto en
la triste misión.

Moctezuma iracundo ordenó que descendieran de nuevo para volver a inspeccionar las profundidades del lago.
Los buceadores obedecieron y después de un largo rato,
volvieron a la superficie con novedades.

—Señor —dijeron—, hemos visto un estrecho surco en
el agua que conduce hacia Acolco.

Entonces Moctezuma envió a sus talladores de regreso a
Acolco para que investigasen el asunto, pero éstos, de vuelta
en México, contaron al emperador lo que él ya sabía: la piedra,
todavía cubierta de sangre humana y olorosa a incienso, había
vuelto a asentarse en la colina donde la habían encontrado.

—Hermanos —dijo Moctezuma a los señores aztecas—,
se ha cumplido mi visión y ahora sé que nos queda mucho
que sufrir y poco que vivir. Por mi parte, yo debo dejarme
morir como los emperadores que me precedieron. Que el
Señor que creó la tierra y el cielo haga efectiva su voluntad.

Tamoanchán

Antes del inicio de los tiempos, arriba de los trece cielos había un lugar conocido como Tamoanchán (La Casa de donde ellos Descendieron). Se creía que en este lugar habían nacido todos los dioses creados por la pareja original, Tonacatacuhtli y Tonacacíhuatl (Señores de la Vida).

Entre las deidades que habitaban el lugar existía una diosa llamada Xochiquetzalli (Flor de Quetzal), que pasaba la vida en este sitio tan agradable acompañada de sus sirvientas. El paradisíaco lugar estaba lleno de fuentes, ríos, parques... nada faltaba.

Ningún hombre podía ver a Xochiquetzalli, que estaba perfectamente resguardada. Tenía a su servicio una gran cantidad de enanos y jorobados, que se encargaban de entretenerla con música y bailes, y cuando necesitaba comunicarse con otros dioses, a quienes se decía que ella cuidaba, los utilizaba como mensajeros.

Xochiquetzalli era una diosa hermosísima a la que le encantaba hilar y tejer telas delicadas. Vivía en un lugar

llamado Xochitlicacan (Lugar donde Crecen las Flores), en
el que existía un árbol florido. Si alguien tomaba una flor de
este árbol, o simplemente era tocado por una de sus flores,
se convertía inmediatamente en fiel enamorado, pero esto
debía evitarse, pues estaba prohibido cortar flores del árbol.

Xochiquetzalli era esposa de Cintéotl (Señor del Maíz),
mas un día, mientras estaba sola, se le presentó el dios
Tezcatlipoca, que previamente había tomado la forma de
un pájaro. Entonces éste la engañó, la sedujo, y así ambos
cortaron flores del árbol prohibido.

En el preciso instante de violar la prohibición, el árbol
florido de Tamoanchán se partió por la mitad y comenzó a
sangrar. Entonces los dioses supremos, Tonacatacuhtli y
Tonacacíhuatl, se enojaron tanto a causa del pecado de sus
hijos que decidieron arrojarlos del paraíso celestial.

Desde entonces, la diosa Xochiquetzalli fue conocida como
Tlazoltéotl (Señora de los Adúlteros y Desvergonzados). Por
su parte, el dios seductor, Tezcatlipoca, fue nombrado
Huehuecóyotl (Coyote Viejo), señor del canto, de la danza y
de la alegría.

El cenzontli

Vivió en el Reino Azteca un gran comerciante o pochteca llamado Xomecatzin (Señor del Sauce), quien siempre cargaba las más bellas mercancías mayas, así como regalos que le entregaban los tecuhtli (señores) de los pueblos por los que pasaba para que los llevara al emperador de México. Estos regalos eran varios y los señores de aquellos pueblos los enviaban para agradecer los obsequios recibidos con anterioridad: joyas de oro, cristal, obsidiana, pieles de conejo y hierbas aromáticas.

En una ocasión, el comerciante partió de Tenochtitlán con los demás pochtecas. Xomecatzin llevaba en una mano un bastón con cortaduras y en la otra un abanico. Cerrando el grupo marchaban los tlamanimes (cargadores).

Aquellos mexicas anduvieron largo tiempo caminando hasta que llegaron a Quiotepec, y entonces aguardaron entre la maleza a que llegase la noche para poder pasar con mucho cuidado el Papaloapan (Río de las Mariposas).

Cuando vieron las estrellas reflejarse en las limpias aguas del precioso río, los pochtecas se embarcaron en una canoa. Así fue como empezaron a navegar en silencio hasta que algo les sorprendió. Se trataba del sonido más bello que jamás hubieran oído: una escala de trinos que provenía de la orilla del río. Dejaron de remar y miraron atentamente para adivinar qué ave emitía aquel dulce canto. Sin duda, el mejor regalo que podían llevarle al rey era aquel pájaro; nada podría complacerlo más que el trino de tan delicado animal.

Los pochtecas abandonaron sus canoas en el río y se adentraron en la espesa y oscura selva. De pronto, frente a ellos, vieron apoyada contra un viejo tronco a una misterio-sa joven que miraba con fijeza a la luna y le dirigía cantos inflamados. Aquella visión fue suficiente para que Xomecatzin se separara del grupo e intentara acercase a la bella dama, pero ésta, al verlo, trató de huir como pájaro espantado.

No le sirvió de nada su movimiento a la joven, ya que el comerciante la capturó con facilidad; y tampoco le sirvieron sus llantos, lamentos y súplicas, ya que el jefe pochteca estaba decidido a llevarla como ofrenda al emperador.

Por difíciles caminos llevaron a la preciosa mujer, quien no paraba de rogar que la dejasen libre. También tuvo que soportar los combates de los guerreros y los negocios de los mercaderes, pero finalmente llegaron al palacio de Xomecatzin. El rico comerciante decidió llamarla Cenzontli, (Cuatrocientas Voces), pues por mucho que lo intentó, no logró que ella le dijese su nombre.

Xomecatzin abrió sus alforjas y dejó caer a los pies de la joven todos los objetos delicados que poseía: plumas verdes de quetzal y papagayo, azules de cuitlatlotli, rojas de chamulli, montones de turquesas, esmeraldas, mantas de algodón, anillos de oro, piedras preciosas de muchísimos colores, pieles de tigre y de otras fieras, trajes bordados finamente, y muchas cosas más. Pero a la preciosa Cenzontli no le interesaba nada de aquello. Ella había crecido entre las más extraordinarias maravillas: zapotecas, mayas, mixtecas y totonacas y todo lo que el comerciante ponía a sus pies le parecía insignificante.

Días después, Xomecatzin decidió hacer gala de todas sus riquezas y posesiones, adquiridas gracias al comercio, y para ello organizó una enorme fiesta.

En la fecha indicada, el comerciante, que también era un Tequihua (Gran Autoridad), obligó a la preciosa Cenzontli a que vistiera un deslumbrante traje que él le había regalado, ya que deseaba que sus invitados contemplaran a la inigualable joya que poseía para su deleite, pues había decidido no ofrecérsela al emperador y disfrutarla particularmente.

Todas las grandes personalidades que acudieron disfrutaron de la fiesta. Allí se dieron cita guerreros, hombres de ciencia, funcionarios y demás gente importante. En el tlemaitl (incensario), el sacerdote quemó copalli, una especie de resina olorosa, y en cuatro ocasiones dirigió el humo hacia los cuatro puntos cardinales. Después, entre todos los invitados se repartieron muchísimas rosas, que habían adornado la estancia durante la fiesta. Luego se sirvió nanácatl, la delicada comida que provocaba alucinaciones; y al finalizar el banquete todos bailaron y bebieron espumoso.

Al oscurecer, Xomecatzin enterró en el patio de su casa las cenizas de la ofrenda dedicada a sus dioses y plantó *huihuitzónyotl*, un tabaco muy espinoso que ayudaría a que su descendencia fuese rica y tuviese tanto éxito como el que él tenía.

La fiesta se prolongó durante dos días más, y al final el comerciante se desposó con la bella Cenzontli, cuya hermosura había asombrado a todos los invitados.

Pasó el tiempo y la joven nunca quiso hablar ni una sola palabra; Xomecatzin lo intentó todo para conseguir sacar algo de aquellos hermosos labios de terciopelo, pero no lo logró. Ni palabras ni melodías acariciaron sus ansiosos oídos.

Cansado de no conseguir algo y preocupado por el aspecto extremadamente triste de Cenzontli, el tequihua comenzó a desesperarse. Un día en que tuvo que abandonar su palacio para cumplir una misión que le había sido encomendada. Tenía que desplazarse al cerro sagrado de Monte Albán para dar informes acerca de las fuerzas militares y las fortificaciones. El camino era tan peligroso y largo, que antes de partir se encomendó a su dios protector, Yacatecuhtli, (Quien Sirve de Guía), luego se despidió de su esposa y rogó a sus sirvientas que la cuidasen encarecidamente y que nunca la dejasen sin compañía.

Cuando la caravana que iba a Monte Albán pasó por Quiotepec, Xomecatzin quiso con toda su alma regresar a los bosques del Papaloapan con el propósito de recordar el lugar mágico y misterioso donde había hallado a su hermosa y amada mujer. Fue entonces cuando no pudo dar crédito a lo que aconteció: nuevamente volvió a escuchar la suave y dulce melodía producida por Cuatrocientas Voces. Lo primero que se le ocurrió a Xomecatzin fue que quizá en aquel lugar habitaba alguna hermana de su esposa, y acto seguido echó a correr hacia el rincón de donde procedía el embriagante canto, pero otra sorpresa le aguardaba al llegar. Allí sólo había un pequeño pajarito que cuando notó la presencia del comerciante se asustó y salió volando para ocultarse en la espesura del oscuro bosque.

La caravana de informadores regresó meses después a Tenochtitlán, y Xomecatzin corrió sin perder tiempo a ver a su esposa, a quien le había reservado los mejores regalos de todos los que llevaba consigo. Pero antes de llegar a la puerta de la casa salieron a su encuentro sus sirvientas, y el pochteca tembló y palideció al oír lo que le decían.

—Cenzontli ha muerto —le contaron sin parar de llorar—. Ocurrió una tarde oscura: su alma se transformó en un lindo pajarillo que salió por la ventana, y antes de que lo perdiésemos de vista lanzó su canto de cuatrocientas notas. De ese modo Cenzontli se fue a sus bosques. ¿Por casualidad no la has visto en tu viaje, gran señor?

Y entonces Xomecatzin, casi paralizado por el dolor que le había producido perder a su bella y amada Cenzontli, recordó el trino del pájaro que había visto en los bosques de Quiotepec, junto a las aguas claras del río Papaloapan, en una noche de luna llena.

El robo del fuego

Hace mucho tiempo los hombres no conocían el fuego, así que no tenían con qué calentarse y debían comer crudos los alimentos. Pero un día, cansados de aquella incómoda situación los Tabaosimoa (Venerables Ancianos), se reunieron para buscar una solución; era imprescindible para la gente protegerse del frío y cocer sus alimentos.

Durante todo el tiempo que duró la reunión, el cual fue bastante, los ancianos decidieron ayunar para poder concentrarse únicamente en la búsqueda de lo que habría de producir calor y comodidad. De pronto, vieron que una bola de fuego volaba por encima de sus cabezas y acababa sumergiéndose en el mar. Lamentablemente no la pudieron alcanzar, y los ancianos, agotados hasta la extenuación, decidieron que lo mejor sería llamar a personas y animales para preguntarles si alguien podía darles el fuego que acabaría con los problemas que padecían. De entre la multitud surgió la voz de un hombre que dijo así: "Yo propongo ir a buscar un rayo del sol, pero sería conveniente que cinco de nosotros fuésemos los encargados de llevar a cabo dicha misión. No es fácil llegar al lugar donde está el Sol".

Los Tabaosimoa estuvieron de acuerdo con la propuesta y ordenaron que cinco hombres viajaran hacia el oriente, a la montaña donde nacía el fuego del Sol; mientras tanto, ellos seguirían ayunando y suplicando para que la misión tuviese éxito.

Cuando aquellos cinco valientes llegaron al lugar indicado, esperaron que se hiciera de día, entonces se dieron cuenta de que no era allí donde nacía el fuego, sino en otra montaña algo más alejada; pero no se rindieron y continuaron su camino. Ya era de noche cuando alcanzaron la nueva montaña. Esperaron otra vez la llegada del día y volvieron a percatarse de que no era tampoco en aquella montaña donde nacía el fuego, sino en una tercera aún más lejana. Así anduvieron caminando de montaña en montaña; siguió la cuarta, luego la quinta, más tarde la sexta, hasta que, desfallecidos y sin esperanza, decidieron regresar sobre sus pasos para comunicarles a los venerables ancianos que habían fracasado en su misión.

Cuando hubieron regresado al punto de partida, fatigados, tristes, derrotados y avergonzados, narraron a los Tabaosimoa lo sucedido y éstos creyeron que jamás podrían encontrar el Sol. No obstante, lejos de regañar a los viajeros, los ancianos les dieron las gracias por el intento que habían realizado, y siguieron reflexionando en busca de nuevas soluciones.

Continuaron ayunando y pensando, discutiendo y meditando, cuando de repente apareció Yaushu, un sabio tlacuache que les relató un viaje que había hecho hacia el oriente. Les dijo que un día, habiendo percibido una lejana luz, decidió buscar su procedencia y sin dudarlo partió hacia allá. Caminó durante días y noches, prácticamente sin comer ni descansar. Pero al final su tesón tuvo recompensa. La noche del quinto día vio que en la entrada de una gruta ardían trozos de madera y se elevaban gigantescas llamas y torbellinos de chispas. Como si fuese el guardián de aquel fuego, un hombre se hallaba sentado en un banquito y miraba la lumbre; tenía los cabellos muy blancos y sus ojos le brillaban extraordinariamente. De vez en cuando se encargaba de arrojar leños a la hoguera para que el fuego no se consumiera. Yaushu, el tlacuache, continuó narrando lo que había vivido. Dijo que permaneció agazapado detrás de un gran árbol, pero que finalmente se había marchado muy espantado, porque todo aquello producía un insoportable calor.

Los Tabaosimoa, que habían escuchado el relato atentamente, le pidieron al tlacuache que les hiciera el favor de desplazarse nuevamente a aquel lugar y traerles un poquito de aquella sustancia maravillosa. Yaushu estuvo de acuerdo, pero puso una condición.

—Si quieren que vaya hasta allá —les dijo—, ustedes deben permanecer aquí orando y ayunando, y deben hacer ofrendas a los dioses. También deberán entregarme cinco sacos repletos de pinole.

—Está bien —contestaron los venerables ancianos—, pero si nos engañas ten por seguro que te mataremos sin piedad. —y el tlacuache sólo sonrió y no dijo ninguna palabra.

Los Tabaosimoa ayunaron durante cinco días, durante los cuales llenaron cinco sacos de pinole y se los entregaron al tlacuache, quien los recogió diciendo a los ancianos que estaría de vuelta en otros cinco días más y les dio algunas instrucciones:

—Deben esperarme despiertos hasta la medianoche, y si muero les recomiendo que no lloren ni se lamenten por mí.

Yaushu se marchó con los sacos de pinole a cuestas, y después de mucho caminar llegó a la cueva donde el hombre de cabellos bancos contemplaba y alimentaba el fuego. El tlacuache lo saludó, pero el guardián no dijo nada. Lo intentó de nuevo y en esta ocasión sí obtuvo respuesta:

—¿Qué haces aquí tan tarde? —le preguntó.

—Me enviaron los Tabaosimoa en busca de agua sagrada para ellos —respondió Yaushu—. Ahora me encuentro sumamente cansado y me gustaría pedirte que me dejases dormir antes de emprender mañana el camino de regreso.

El anciano se mostró reticente a aceptar lo que el tlacuache le pedía, pero ante su insistencia no tuvo más remedio que acceder, aunque le puso la condición de que no tocase nada de lo que allí se encontraba. Yaushu se sentó muy cerca del fuego e invitó al guardián a beber pinole. Al anciano le gustó la idea y derramó un poco de aquel alimento sobre el leño, luego salpicó unas gotitas por encima de su hombro y a continuación se tomó el resto. Finalmente agradeció a Yaushu la invitación y se durmió apaciblemente.

El tlacuache parecía tener todo a su favor. Estuvo pensando, mientras escuchaba los ronquidos del hombre de cabellos blancos, y decidió que lo mejor era actuar con rapidez. Con su cola tomó una brasa y se alejó a toda velocidad.

Parecía que su misión había acabado bien, pues ya había recorrido un gran tramo del camino de regreso, cuando de repente vio que una terrible borrasca se le acercaba. Volvió la vista al frente y no supo qué pensar cuando se dio cuenta de que el anciano de la gruta estaba delante de él y lo miraba encolerizado.

—¡No debiste hacerlo! —exclamó el viejo, preso de la ira—. ¡Te dije que tuvieses las manos quietas, que no tocases absolutamente nada de lo que había en la cueva! ¡Eres un vil ladrón y acabaré contigo; ese es el castigo que mereces por traicionar mi confianza!

El hombre de cabellos blancos se arrojó sobre Yaushu para quitarle la brasa, pero aunque ésta le quemaba, el tlacuache la sostenía con su mano y no la soltaba. El viejo lo pisoteaba, dándole una tremenda paliza, le trituraba los huesos, pero no conseguía arrebatarle la brasa. Finalmente, creyéndolo muerto, regresó a su cueva para seguir vigilando el fuego.

El tlacuache rodó durante mucho tiempo, envuelto en sangre y fuego, y así llegó hasta donde los Tabaosimoa oraban. Ya casi muerto, Yaushu les entregó la brasa a los venerables ancianos, quienes encendieron sus leños y así encontraron el remedio a los problemas de los hombres.

El tlacuache fue nombrado "héroe Yaushu", y debido a la hazaña que realizó es por lo que hoy todavía lo vemos marchar penosamente por los caminos con su cola pelada.

Cocopeli

Aquel había sido un año muy seco y las esperanzas de que lloviese fueron desapareciendo poco a poco. Cocopeli, el maestro hechicero, tuvo que acudir al lugar para trabajar. Su joroba era realmente su bolsa de objetos sagrados, medicinas y semillas que solía ocupar en su actividad, y su flauta parecía brillar rodeada por una luz de fuego.

Cocopeli aprovechó la luz reflejada en la flauta, igual que su sonido, para cautivar a quienes lo observaban. Las finas plumas rojas que llevaba en su tocado eran plumas de guacamayo, y hacían que diese la impresión de estarse bañando en la "Eterna llama de la pasión y de la creatividad". El fuego de la fertilidad que coronaba su cabeza también radiaba desde su cuerpo, como si se estuviera moviendo delante del fuego comunal.

Cuando acabó con su flauta, Cocopeli la envolvió como si fuese un bebé, con una tela excelentemente tejida, y se la ofreció a la "Gran estrella de la nación". Sus palabras llegaron hasta los rincones más alejados del pueblo.

"Esta flauta lleva la música de las estrellas hasta la Gran Madre Tierra, y llama para que los seres del Trueno se unan a ella —dijo mientras lloraba—. Esta unión traerá un niño a la gente, que algún día la conducirá nuevamente a las estrellas, a través del interior de la tierra desde donde vino".

De pronto, una brisa fresca que provenía de las altas montañas sopló encima de la barranca para revolver las ascuas del fuego comunal en un torbellino que estalló, llenando el cielo nocturno de chispas brillantes con forma de estrellas. Los gritos ahogados de la gente maravillada resonaron durante aquella noche sin luna. Repentinamente, la luz que arrojaban los Seres del Fuego fue suficiente para que todos pudieran ver las masas de las Personas Nubes que se habían reunido en el cielo para contestar a la llamada de Cocopeli. Nuevamente, la gente gritó atemorizada ante los efectos de la poderosa magia de aquel mitad hombre, mitad dios, que era Cocopeli. Hasta los bebés que dormían despertaron con la espectacular magia del hechicero. Seguramente la lluvia anhelada alimentaría a las Tres Hermanas y la gente sobreviviría. El hechicero se dirigió a los ahí presentes para decirles que recolectaran en sus ollas de arcilla toda la humedad que les fuera posible; así podrían usarla en el futuro. Y entonces el dios del Trueno anunció en voz alta que la lluvia estaba a punto de comenzar.

Los palos de fuego hicieron una ligera explosión antes de que el trueno rodante rompiera el silencio de la noche. El único sonido que podía percibirse era el de pies que corrían arriba y abajo y el trajín de ollas que se movían con desesperación. Mientras todos corrían frenéticamente, una joven se detuvo en la plaza principal, maravillada al contemplar el fabuloso cielo y lo que en él ocurría. Cocopeli miró su rostro hermoso, inocente y asombrado, mientras seguía sosteniendo la flauta como si fuera un niño. La joven se sintió invadida de una serenidad que despertó su curiosidad del hechicero.

¿Por qué no reuniste tus ollas? —le preguntó Cocopeli.

—Están en un lugar alto sobre la mesa —respondió la joven. Y cuando el hechicero le preguntó su nombre, la joven dijo:

—Me llaman la "Flor de Hielo", de la familia del Invierno del Maíz Blanco.

—¿Por qué están tus ollas, Flor de Hielo, ya en su lugar? inquirió Cocopeli.

—Porque su flauta me llamó cuando usted subió el cañón y me dijo que traería la lluvia —contestó la joven.

Cocopeli se quedó intrigado y sonrió de tal modo que Flor de Hielo le devolvió la sonrisa.

—Entonces tú eres la elegida, —dijo el hechicero.

Las personas reunidas por el sabio de la medicina, de la familia del Águila, predicaron gratitud justo cuando las primeras Personas de la Lluvia empezaron a tocar a la Madre Tierra. Cocopeli tomó a Flor de Hielo por la mano y la llevó hasta el fuego. Todos los ojos miraron a la pareja mientras avanzaba hacia el lugar preferente de la plaza. Cuando la oración hubo finalizado, Cocopeli colocó la flauta, aún envuelta como un bebé, en los brazos de Flor de Hielo, como símbolo de que aquella mujer compartiría su música y su semilla. La magia estaba en el aire y el niño de esta unión la utilizaría para ayudar a la gente a encontrar el camino de regreso a las estrellas.

La leyenda dice que la gente del pueblo se arrastró hacia arriba del mundo terrenal después de la Creación. Mientras tanto, los espíritus de sus antepasados volvieron a las profundidades hasta que llegara el momento de regresar a la Tierra. Cocopeli les habló de una época antes de la Creación, cuando cada persona era una chispa del fuego de la llama eterna del gran misterio y cuando cayó a la Tierra para sembrar a la madre con pensamientos, ideas y acciones fértiles. Les dijo que ellos llegarían a ser como luciérnagas en la Gran Nación del Cielo el día que las sangres del pueblo regresasen juntas como una sola.

Los aztecas dicen que Flor de Hielo trajo a un hijo varón que se convirtió en un líder espiritual de la familia del Águila en el mundo. Su medicina era la gentileza de su madre y el fuego de su padre. Desde que Mesa Verde fue abandonada hace siglos, nosotros nos hacemos la siguiente pregunta: ¿Acaso dejaron ellos la Tierra y se fueron a vivir a la "Gran nación de las estrellas"? Si es así, la fertilidad y la abundancia de Cocopeli resplandecen en nuestro mundo cada noche.

La marca del conejo

Hace mucho tiempo, al final de una tarde clara, el sol se ponía mientras Serpiente de Obsidiana se sentaba silenciosamente fuera de su casa. Se había comido sus bizcochos de maíz durante la parte más cálida del día y no tardaría en dormirse. Dentro de su hogar podría oír los movimientos de su hermano, Escudo Humeante, y reaccionar antes de que él regresara en la noche al Tellpochcalli (Casa de la Juventud). Cada atardecer Escudo Humeante regresaba al hogar familiar para tomar su comida y luego volver, después de bañarse, a la Casa de la Juventud, donde había aprendido a ser un ciudadano ejemplar y un valeroso guerrero azteca.

Serpiente de Obsidiana extrañó a su hermano cuando despertó en medio de la noche y se encontró solo en su estera de caña, sin oír la respiración de aquél en la estera de a lado. Por aquel entonces, Serpiente de Obsidiana era muy joven para ir a la Casa de la Juventud. Durante el día, su padre le enseñaba cómo pescar, cómo reunir los palos de fuego y cómo manejar la canoa. En la Casa de la Juventud,

Escudo Humeante aprendía a ser un buen ciudadano, obediente y respetuoso, así como a ser un guerrero modelo. Serpiente de Obsidiana sabía que pronto él también dormiría en la Casa de la Juventud y que sólo regresaría a su hogar para comer y bañarse.

A su espalda, los ladrillos de adobe de su casa continuaban calientes, aunque el sol ya había terminado su viaje a través del cielo. Era el tiempo del crecimiento, cuando los días eran tibios y secos y el maíz estaba listo para ser cosechado. Toda la familia rezó a Tláloc (Dios de la Lluvia y de la Abundancia Agrícola), para asegurarse de que la lluvia vendría junto con el calor del sol.

En el interior se podían oír los movimientos de su madre, Flor Turquesa de Maíz, cuando se movía por el hogar. El fuego brilló calladamente por la puerta abierta y Serpiente de Obsidiana sonrió al pensar en ella. En su mente podía escuchar el sonido que su madre producía al moler el maíz para sus dos comidas diarias; podía oír las palmadas con que ella acariciaba la masa de maíz para hacer las tortillas. Flor Turquesa de Maíz había trabajado todo el día, moliendo maíz entre piedras volcánicas, preparando harina para los bizcochos y el caldo de maíz que luego endulzó con miel para que su hijo comiera.

Hoy, la comida de la tarde había incluido los cangrejos que él y su padre habían atrapado en el lago cercano a su casa. Su madre también había pasado muchas horas girando el hilo de algodón y tejiendo en su telar. En la zona era bien sabido que la tela de algodón de su madre era fina y suave, y por eso, con su venta el día de mercado, trajo una buena cantidad de frijoles.

Serpiente de Obsidiana pensó en la manera de sonreír de su madre cuando él le mostró el cangrejo que había atrapado en el lago. Sabía que su madre lo echaba de menos ahora que había crecido y ya no podía permanecer en casa a su lado, mientras ella se dedicaba a tejer en el pequeño patio. Por eso, ella había encontrado el modo de acercarse a él durante algún momento de la noche.

Aquella noche, Serpiente de Obsidiana oyó el sonido de sus pies desnudos cuando su madre penetró la oscuridad de fuera de la casa.

—Mira, Serpiente de Obsidiana —dijo Flor Turquesa de Maíz—. La Luna va haciendo su camino a través del cielo. Podemos ver las marcas de conejo que lleva. Cuando llegue la siguiente Luna llena será el momento de cosechar el maíz.

¿Por qué lleva la Luna la marca del conejo, madre? —preguntó Serpiente de Obsidiana. Y justo cuando él alcanzó a ver el cueitl blanco que su madre llevaba envuelto alrededor de la cintura y que le caía hasta los tobillos en la suave oscuridad de la luz de la luna, Serpiente de Obsidiana pudo ver la sonrisa que desprendían sus labios mientras se preparaba para sentarse junto a él y aclarar su duda.

—En cuatro ocasiones —dijo la madre—, los dioses trataron de crearnos a nosotros, los hombres, y a la Tierra, pero las cuatro veces sus esfuerzos fueron en vano. Cada ocasión, el mundo fue destruido: primero por el gran jaguar, luego por las inundaciones, más tarde por el viento y finalmente por la lluvia. Con cada destrucción, también se marchó el Sol. Finalmente, los dioses se reunieron en Teotihuacán y decidieron que uno de ellos sería sacrificado y se convertiría en Sol. Entonces surgieron dos voluntarios: uno de ellos era muy rico y guapo; el otro, terriblemente feo y estaba cubierto de llagas. Cuando llegó el momento del sacrificio, el dios rico y guapo corrió hacia el fuego donde debía ser sacrificado, pero se detuvo al llegar al borde, incapaz de dar el último paso para entrar al fuego. Cuatro veces lo intentó y en las cuatro le faltó valor. Después, llegó el turno del dios pobre y feo. Aunque los demás dioses creyeron que no sería capaz de hacerlo, ya que era una segunda opción muy débil, el dios pobre y feo no dudó y saltó al interior del fuego. El dios guapo, avergonzado de su actitud cobarde, también saltó al interior del fuego y ambos fueron devorados. Justo entonces, el jaguar, poderoso animal, saltó sobre las cenizas. Al salir, su piel estaba manchada por el hollín y así se quedó hasta hoy. El tiempo pasó y, aunque los dioses se habían sacrificado, el Sol no se veía. Pero de pronto, el Sol apareció en el cielo, al mismo tiempo que la Luna, que lucía igual de brillante. Mas los dioses ya habían perdido la paciencia y, enojados por el descaro de la Luna, la golpearon en la cara con un conejo, de ahí que ahora estemos viendo las marcas que le quedaron.

—¿Y que pasó después, madre? —preguntó Serpiente de Obsidiana—. ¿Tuvieron éxito los dioses en la creación de nuestro mundo y de nuestra gente?

—Hijo mío —contestó dulcemente Flor Turquesa de Maíz—, para eso hicieron falta más sacrificios por parte de los dioses, y cuando los llevaron a cabo, surgieron las estrellas.

Sin embargo, fue Quetzalcóatl, la Serpiente Emplumada, quien visitó a los dioses del inframundo para recoger los huesos de las generaciones pasadas y así crear al nuevo hombre. Pero eso, Serpiente de Obsidiana, es otra historia que deberíamos dejar para otra noche. La Luna, con sus marcas de conejo, ha viajado lejos a través del cielo. El Sol de la mañana pronto llegará para despertarnos, de modo que es mejor que vayamos a nuestras esteras para descansar.

Quetzalcóatl y la creación del hombre

La siguiente noche, Serpiente de Obsidiana esperó impaciente el ruido que su madre solía hacer al finalizar su jornada de trabajo. Durante todo el día, mientras ayudaba a su padre a recoger madera y a trabajar en los campos de maíz, no había dejado de pensar en las palabras de su madre de la noche anterior. Muy pronto la Luna se elevaría en el cielo y él sonrió al pensar la sorpresa que debió llevarse cuando los dioses la golpearon en la cara con un conejo por brillar tan intensamente como el Sol. Ahora, la Luna ya conocía cuál era su lugar y brillaba débil en el cielo nocturno, aunque seguía llevando las marcas del conejo.

—¿Qué sucedió después? —se preguntó Serpiente de Obsidiana—. Sé cómo llegaron la Luna y el Sol pero, ¿y los humanos?

Mientras le daba vueltas esta idea en la cabeza, su madre apareció detrás de él. Serpiente de Obsidiana sabía que estaba muy cansada, pues había estado vendiendo mucha tela en el mercado de Tenochtitlán, aunque estaría encantada de poder sentarse junto a él y platicar un rato.

—¿Cómo llegamos aquí? —preguntó Serpiente de Obsidiana cuando su madre se sentó a su lado en aquélla noche fresca y seca.

—Somos los hijos de Quetzalcóatl, la Serpiente Emplumada —empezó Flor Turquesa de Maíz—. Él es nuestro creador, él descubrió el maíz para que pudiésemos alimentarnos. Él nos enseñó a encontrar el jade y otras piedras preciosas, y nos dijo cómo pulirlas. De él proviene el arte de tejer y colorear telas, arte que pasó luego de madres a hijas, de generación en generación. La Serpiente Emplumada enseñó a nuestra gente a utilizar las plumas del quetzal, las del colibrí y las de otras aves de precioso y colorido plumaje para tejer trajes de diseños hermosos. Él también enseñó a nuestro pueblo a medir el tiempo y nos dio nuestro calendario, con sus días especiales puestos aparte, dedicados a ciertos rezos y festividades.

—Pero este es el final de mi historia —prosiguió la madre—. Ella empieza después de la creación del quinto Sol, cuando Quetzalcóatl fue a visitar al dios de la Muerte, Mictlantecuhtli, para pedirle huesos de hombres muertos que le sirvieran para crear al nuevo hombre. Cuando Mictlantecuhtli le entregó una bolsa de huesos a Quetzalcóatl, éste echó a correr a toda velocidad porque le habían dicho que el Señor de los Muertos era alguien en quien no se podía confiar demasiado. Pero mientras huía, Quetzalcóatl tropezó y cayó, rompiéndose todos los huesos que llevaba en la bolsa y quedando desparramados a su alrededor. No obstante, tuvo tiempo de levantarse y recoger de nuevo los huesos antes de salir del Mictlán, el inframundo. Una vez a salvo, la Serpiente Emplumada mezcló su sangre con los huesos y creó una nueva especie de hombre. Como en la caída los huesos se habían roto en pedazos desiguales, los hombres que creó también fueron de varios tamaños. Ese es el motivo, Serpiente de Obsidiana, por el que puedes ver que dos personas no son exactamente iguales, porque nuestro creador quebró los huesos en su huida de Mictlán.

Después de haber creado al hombre y siendo un dios condescendiente, pensó que no podía dejar a sus hijos sin una buena fuente de alimento de la que se pudieran nutrir —prosiguió la madre—. Y un día, al ver a una gran hormiga negra que cargaba un grano de maíz, vio claramente que ese sería el alimento perfecto para su pueblo. Para averiguar dónde había obtenido la hormiga el maíz, Quetzalcóatl se convirtió en una hormiga y siguió a la que había visto hasta una montaña. En una grieta en esa montaña, Quetzalcóatl no sólo vio maíz, sino también frijoles, habas, chiles y otras clases de alimentos que serían muy útiles para la humanidad. Quetzalcóatl, todavía en el cuerpo de la hormiga, tomó un meollo de maíz y se lo dio al hombre para que pudiese plantarlo, y al ver que había mucho más alimento al lado del maíz que se podría utilizar para alimentar a la humanidad, preguntó a los otros dioses qué debía hacer. Éstos decidieron que lo mejor era partir en dos la montaña para poder sacar todo el alimento y dárselo a los hombres. Uno de ellos procedió de tal forma pero, Tláloc, el dios de la Lluvia, encolerizado por aquel acto, robó el maíz, las habas, los frijoles y los chiles con la ayuda de sus hijos.

Así pues, todavía hoy, Tláloc y sus hijos tienen en su poder el alimento que había en la montaña, y cada año dan una parte de él a los hombres, a veces más, a veces menos. Ya ves, hijo mío —dijo Flor Turquesa de Maíz para finalizar—, porqué ofrecemos sacrificios a Quetzalcóatl y a Tláloc; si no lo hiciéramos, ellos nos abandonarían y entonces no habría cosechas y nuestro pueblo moriría.

Con estas palabras, la madre de Serpiente de Obsidiana finalizó su explicación y le dedicó una cariñosa sonrisa a su hijo. Él se inclinó hacia su madre y sintió que sus ojos se empezaban a cerrar en la calma de la noche. Aún en su somnolencia, él supo que éstos eran los cuentos que un día sus abuelos les habían contado a sus padres y que él mismo, en el futuro, los contaría a sus hijos, cuando contemplaran la llegada de la Luna con sus marcas de conejo.

Yappan

Yappan era un hombre muy piadoso que un día quiso convertirse en el favorito de los dioses. Entonces decidió abandonar a su familia y dejar todos sus bienes para retirarse al desierto y llevar así, una difícil vida ermitaña. De ese modo, fue a instalarse en una roca muy elevada que se llamaba Tehuehuetl, y allí empezó a pasar sus días y sus noches.

Tanto sus amigos como su esposa llegaron hasta la roca para intentar convencerlo de que regresara a su hogar, a una vida menos austera, pero Yappan, lejos de rendirse y tomar el camino de vuelta, se dedicó en cuerpo y alma a adorar a aquellos dioses a quienes él admiraba, y continuó viviendo en la elevada roca.

Entonces, los dioses quisieron hacerle una prueba a Yappan para ver si era cierto que los veneraba tanto como decía. Llamaron al demonio Yaotl (El Enemigo), para que fuera a comprobar si Yappan llevaba realmente una vida asceta; y en caso de que no fuera así, le encomendaron que lo castigara con severidad.

Cuando Yaotl llegó, vio que Yappan poseía un alma de gran pureza y que era en extremo virtuoso y devoto con sus dioses. Hizo todos los intentos posibles para apartarlo de aquella vida que había elegido de manera voluntaria, pero no obtuvo éxito. Llegó incluso a llevarle las personas más bonitas para que lo convencieran de la inutilidad de seguir viviendo aquella vida retirada y aburrida, pero no hubo nada que hacer: Yappan permanecía en su elevada roca.

La noticia de lo que estaba ocurriendo llegó a los oídos de la diosa Tlazoltéotl (Señora de la Basura), quien picada por la curiosidad fue a visitar a Yappan, que estaba constantemente vigilado por Yaotl. Entonces, éste pudo observar que la visita de la diosa de los amores impuros ocasionaba una importante perturbación en la conducta del asceta.

—Hermano Yappan —le dijo la diosa con su voz seductora—, soy Tlazoltéotl y estoy maravillada por tu virtud. Quiero reconfortarte de los sufrimientos que llevas soportando durante tantísimo tiempo. ¿Cómo puedo acercarme más a ti para hablarte con mayor facilidad y poder felicitarte?

El ermitaño Yappan, sin imaginar las intenciones de la diosa, bajó de su roca y ayudó a Tlazoltéotl a subir a su morada. Esa fue su perdición, pues su virtud ya no pudo resistir durante mucho tiempo.

Cuando Yappan sucumbió a los encantos de Tlazoltéotl, Yaotl entró en acción sin perder un instante y le cortó la cabeza al ermitaño, a pesar de sus rezos y sus súplicas. Inmediatamente los dioses convirtieron a Yappan en escorpión, y éste no tuvo más remedio que esconderse bajo una roca para ocultar la vergüenza de su derrota.

Después de esto, Yaotl fue en busca de la mujer de Yappan, Tlahuitzin (La Encendida), que teniendo todas las cualidades para disuadir a su marido de continuar con sus ruegos a los dioses, fue puesta muy cerca de la piedra donde se escondía el escorpión. Entonces, Yaotl le explicó toda la historia y luego le cortó salvajemente la cabeza.

Los dioses transformaron a Tlahuitzin en otra especie de escorpión. Ésta fue a reunirse con su marido bajo la piedra, y allí tuvieron escorpiones de muchos colores. Pero, al ver los dioses que Yaotl había sobrepasado sus poderes, decidieron castigarlo y lo transformaron en chapulín. Es por eso que los escorpiones eternamente llevan a cabo su venganza contra los chapulines.

Índice

Prólogo 5
Mito de la creación 7
Los cuatro Soles 9
Leyenda del Tepozteco 13
Epiolohtzin (Perla) 17
El maguey 23
El corazón de Copil 27
El mito de Coatlicue 31
Las manchas del ocelote 33
El nacimiento de Huitzilopochtli 37
La Llorona 41
La leyenda de los volcanes 45
El viejo del Teuhtli y el conejo 49
El cazahuate 53
La piedra que hablaba 57
Tamoanchán 63
El cenzontli 65
El robo del fuego 71
Cocopeli 77
La marca del conejo 81
Quetzalcóatl y la creación del hombre 87
Yappan 91
Colofón 96

Mitología, Leyendas e Historia

Arte de la guerra, El, Sun Tzu,
(novedad).

La mano peluda y otras leyendas de la Colonia,
(novedad).

Leyendas de amor, misterio y terror del México colonial,
F. Fernández.

Leyendas de los aztecas.
(novedad).

Leyendas de los antiguos mexicanos,
Blanca Estela Mendoza.

Leyendas mexicanas

Leyendas mexicanas,
F. Fernández, (novedad).

Mitología para niños.

Impresos Alba
Ferrocarril de Río Frío 374
Col. Agrícola Oriental
México, D.F.